小火山群

楊佳嫻

目次

輯三　逝者 I

輯四　突出物

推薦序
長輩

湯舒雯（作家）

當我開始喊她「長輩」的時候，並沒有想過會喊出一股風潮。有一天，當我發現連楊澤、駱以軍也開始喊她「長輩」了，我赫然驚覺，所有文壇都需要一種人幫助我們跨越世代；那就是楊佳嫻這種人。

九零年代末，國小六年級，我第一次見到楊佳嫻，在台南成功大學的文藝營。那一年，她是散文組的助教，我是整個營隊裡年紀最小的學員。開幕式的時候主持人喊我起立，「請大家多多照顧這個孩子——」散文組的教室裡，前方一個女大學生帶著英氣，擲著粉筆甩手在黑板上寫下三個字：楊佳嫻。我還記得那嫻的門有點大，但關不住裡面的木。那一年，助教楊佳嫻連一丁點也並沒有照顧過我。唯有我自己長長的文學夢想清單初稿上，總覺得長大以後也要能像這樣、當一回文藝營的助教。多年以後當我向她提起那一年，才知道她那時正忙著和隔壁班的助教談戀愛。我的文學夢想清單初稿，從一開始就找對了榜樣。

高中的時候，被某雜誌社找去參加一場年輕作家的座談。在會議室的環狀座位中，楊佳嫻、伊格言、陳栢青……他們都在席上。我仍記得自己當時是如何吃驚地發現其他人看起來都早彼此熟稔，會議尚未正式開始已在熱絡交談。會後當他們吆喝著續攤聚餐，遠遠地向我招過手的樣子。站在走廊的另一頭，我揮揮手說：「我爸爸在樓下等我！」我年紀最小，這個謊言恰如其分。確實現在每日訊息匣裡送往迎來插科打諢的朋友，也曾有過這麼陌生的時候。

到我已經是楊佳嫻第一次當我助教的年紀，沒想到楊佳嫻還是我的助教。再次見面，在她擔任助教的臺大中文系選修課上，我們終於漸漸熟稔起來。直到我從一個政治系的畢業生，也成為了一個文學所的碩士生，也去當過同一門課的助教，就成為了她的同事。我畢竟曾以為寫作不過是自己一個人的事；回想起來，關於寫作的朋友，竟都是楊佳嫻介紹給我的。她會問我：這個人你讀過沒有？寫得很好。或丟來訊息說，明天你來，介紹一個朋友給你認識。我到的時候，她可能穿著一席大紅色洋裝，正穿梭在不同代人之間，有一種天生的自在，天生的敢。她人漂亮，口才好，而且書讀得真多。有她在的時候，那個聚會上的所有人好像都能輕易結成朋友，都能顯露出自己最敏捷而有趣的一面。她看起來世故，但個性裡並不世故的那種部分，也特別明顯。當面的時候，她從不說朋友好話。她嘴裡關於我的好話，我卻常從別人的嘴裡聽見。

這些年，我寫過她的採訪稿，當過她的講座主持人，寫過關於她的評論，介紹過她的散文與詩，我用高深的話寫過她，也用沒大沒小的口氣談過她。她交往過的情人，她自己都沒有聯絡了，偶爾還會傳訊息給我：「忘不了她。」——然而相識越久，我越感覺，楊佳嫻她的整個人生都是文學的。某些部分似乎還與她所喜愛的張愛玲有些相似：她的家庭關係疏離，「出道」得早，成名得快，她愛的人總有才氣，朋友不是文學文化人、就是學院學術人。她不像我有另一圈不寫作的朋友，好像總有親人等在樓下，隨時都能把我接走。她沒有另一個世界，她的世界除了自己，親情友情愛情全在了文學這裡。

前此，她的散文精魄多半由愛情虐戀的熱血所灌溉浸染；在第四本散文集裡，我們第一次連篇看見了許多童女楊佳嫻的樣子。這或許是楊佳嫻第一次以這樣的規模「班師回朝」：大抵早慧都是這樣的事情，成熟的過程會是一種返老還童；文學的啟蒙與教養如今看來，即使是「無意間」與「無目的性」的集結，也有一種沛然莫之能禦的氣勢。在〈洋流裡熱暖的血〉裡，文學之兆是一種錯以為的：「那正是渴望生命受衝擊，夢想著長大後可以如何如何，安逸於生活中穩定的部分，卻又急於實踐書中看來的，愛的犧牲與磨折。孩童與成人時期短暫交接重疊的瞬刻，危險先直覺般體現，警醒與暈眩同源二面，而我，我亦錯以為那是幸福之兆。」在〈一個多風的午後〉，她才知道「擁有寫作能力，對於別人來說，也許是一種恐懼與困擾」，且「同樣在一段情感中，於我是溫泉或冷泉，我心起落，鮮血或者滾沸或者滯凍，使我不能不有所動，不能不形於某種創造的形式。於他人，卻可能只是推開了一扇窗子，花光亂羽，看完了聽完了，就可以關上，就可以剪下。」……直到路越走，逝者越多，森林盡頭卻不是出口，是幽暗核心；直到最後退回洞穴，聽見自己放心的哭聲，才知是這樣的一場搬屍回巢：「眼淚毫無防備地湧出來。心也會繞路，但是命運將指引它回到原地。也許它繞路是為了給我餘裕，才能真正打開掩埋的暗房，讓痛苦曝光。」〈退回洞穴〉）

有一天接到她的電話，問我能不能幫她代課？本能地還想一如往常百無聊賴、對她插科打諢一番，卻聽見她說，妹妹過世了，必須返鄉一趟處理後事。我記不得自己有沒有說過一句安慰的話。可能沒有，我只說，好的，長輩。那是我第一次忽然感覺到，她也有那另一個世界；是文學總等在樓下，隨時都能把她接走。

推薦序

再魅之必要

黃崇凱（小說家）

最早是在明日報個人新聞台「女鯨學園」讀到楊佳嫻的詩文。彼時網路吹起的大泡沫剛剛破去，《明日報》宣告結束，後來被泛稱為部落格的個人新聞台卻日益蓬勃，甚且還為此大張旗鼓辦了網路文學獎，最終由「偷鯨向海的賊」的台長鯨向海獲得首獎。不久，鯨向海出版詩集首作《通緝犯》，隔年楊佳嫻推出第一本詩集《屏息的文明》。

他們是我初初探頭向著當代文學之門窺看的觀景窗，一個能電鍍口語入詩，一個善使絢麗意象捶打字詞，讓我從年少時候貧乏的讀詩經驗（例如課本的楊喚或中學時候大家抄寫情書愛引的席慕蓉）一下躍入此時此刻。我讀到的詩不再是亡故已久的人所作，也不是年歲長我許多的人所寫，我在他們各自新聞台讀到的詩作清楚記錄著發文時間，作者還會回覆網友留言。這是文明初啟，也像一趟遠行的起點。

是以讀到「十八歲出門遠行」的篇章，我才第一次知曉曾帶給我啟蒙之光的作者，原也是經過這樣一段少女成長記。其中有些情節、記述，往往讓我在閱讀時回想起自己的學生時期，且更深層地試著辨識過往記憶的意義。印象中，楊佳嫻從不曾那樣連續、細緻地談論十八歲之前的自己。從《海風野火花》、《雲和》到《瑪德蓮》，她比較處在已然具備巧藝志趣的狀態，嘗試在文學的漫漫隧道中探索、超邁，那麼多新的舊的種種堆疊在前，還在發展星群的人哪有空回想小時候。但對寫作者而言，時間從來不是線性存在，因為寫者善於擷取、重組，能在文字中再現的都只是稍縱即逝的現實折光。

此輯諸篇，支線副本般拉出個人命運的可能轉折，其力度彷若透過紙背壓在生命下一頁的印痕，輕輕浮著，卻又揮之不去。她寫與母親間的日常角力

（故意穿一身黑色、充滿驚嘆號的語言反抗），寫疏遠的父親帶她去電影院看充滿殺戮的戰爭片，寫可能的人生（如堂姊楊惠珍那樣過了模糊一生），寫只能發生一次的初戀和失落，寫開始為自己寫作的第一秒鐘。我彷彿看見啟蒙的啟蒙，那不斷張開攝取世界的心思，在受傷後，凝縮成字，於是她一個人的文明正式擺脫蒙昧，進入光亮的書寫時代。

煥發的寫作也帶來暗影。例如那些卡關的「凹陷處」。動物園、溫泉旅館、心理測驗、兒時照片，愛情殘留的碎語片言，這些從有形到無形的情感動員，處處埋著詭雷，一不小心就會在內心炸開。但凹陷是必須的，總得有個不為人知的水壕，讓自己河馬般浸泡著，如一顆梅子靜靜沉澱、出水發酵。相對於「凹陷處」的「突出物」則是近年撰寫的精選書評。看一個寫作者怎麼談他人作品，時常折射的也是談論者本人的識見和教養。觀覽這批書評，多半可以知道楊佳嫻如何地善於物我兩證。在展開對作品的評介時，她可一面從大小歷史的縱向源流、橫面連結為作品定位，亦能輔以個人情感、閱歷增添作品的見證感，對作者常有同情的理解、同理的共感。這樣的工夫反映在悼念文章的「逝者」時尤見精巧。她總能深情地抓取每個人身上的突出質地，編織以那人寫下的語句，串接縫合成一幅精神肖像。

本書壓卷的是寫胞妹之死的〈退回洞穴〉。儘管佳嫻那麼熟練於文史典故、詞與物的綰結與發揮，見識過許多文學裡的死，面對一個如此親近的死，仍無法在現實中給予定義。一個死只能透過另一個死相互寬慰註解。在這個理性刻度過剩的世界，需要的不是繼續除魅，而是轉身歸返洞穴，重新賦予幻影，試著召喚幽靈，讓心性先於理性。逝者毋須理解，存者僅能感覺：感覺曾有的交談，嶄新鏡片的閃光，地下室潮濕溫暖的睡眠，縱然有時不能清楚記得，甚而記得的也不過是倒影。或許，這篇哀傷的文章陳說的就是這樣對離去者、對記憶無能為力的處境。

由於早在螢幕上、紙頁間讀過好些佳嫻的詩文，導致我完全記不起第一次見到她本人是什麼時候、什麼場合。可能在臺大文學院的長廊，也可能是溫州街某間咖啡店或書店。那當然是遠遠看著，不怎麼確定那是否就是她。後來在文學雜誌工作期間，聯繫許多學者、作家幾乎都是透過她引介認識。吃飯、碰面的機會多了，漸漸能扯淡說笑。有一陣子，我們時常在師大路巷子的某咖啡館相遇，總會離開眼前筆電螢幕，說一會話，又回到各自的螢幕前敲敲打打。我不免好奇她在寫些什麼。是趕工中的論文、被催逼的書評、回覆工作信件又或者是最珍重的詩？（或其實是在跟鯨向海或湯舒雯線上喇賽？）

那時我隔著幾張桌子看螢幕的藍光熨燙在她臉上、鏡片上，想像她可能寫下的什麼，往往就像折返到當初從新聞台讀她的時光。我懵然覺得自己許久之前就看過她如神話，在詩裡開天闢地、放出金烏；在文中呼風生火，將世間可能的靈光塞入一顆小小的木瓜，文明亦可逆寫。

而今小火山群的噴發，對她也不過是一塊瑪德蓮。

輯一

十八歲出門遠行

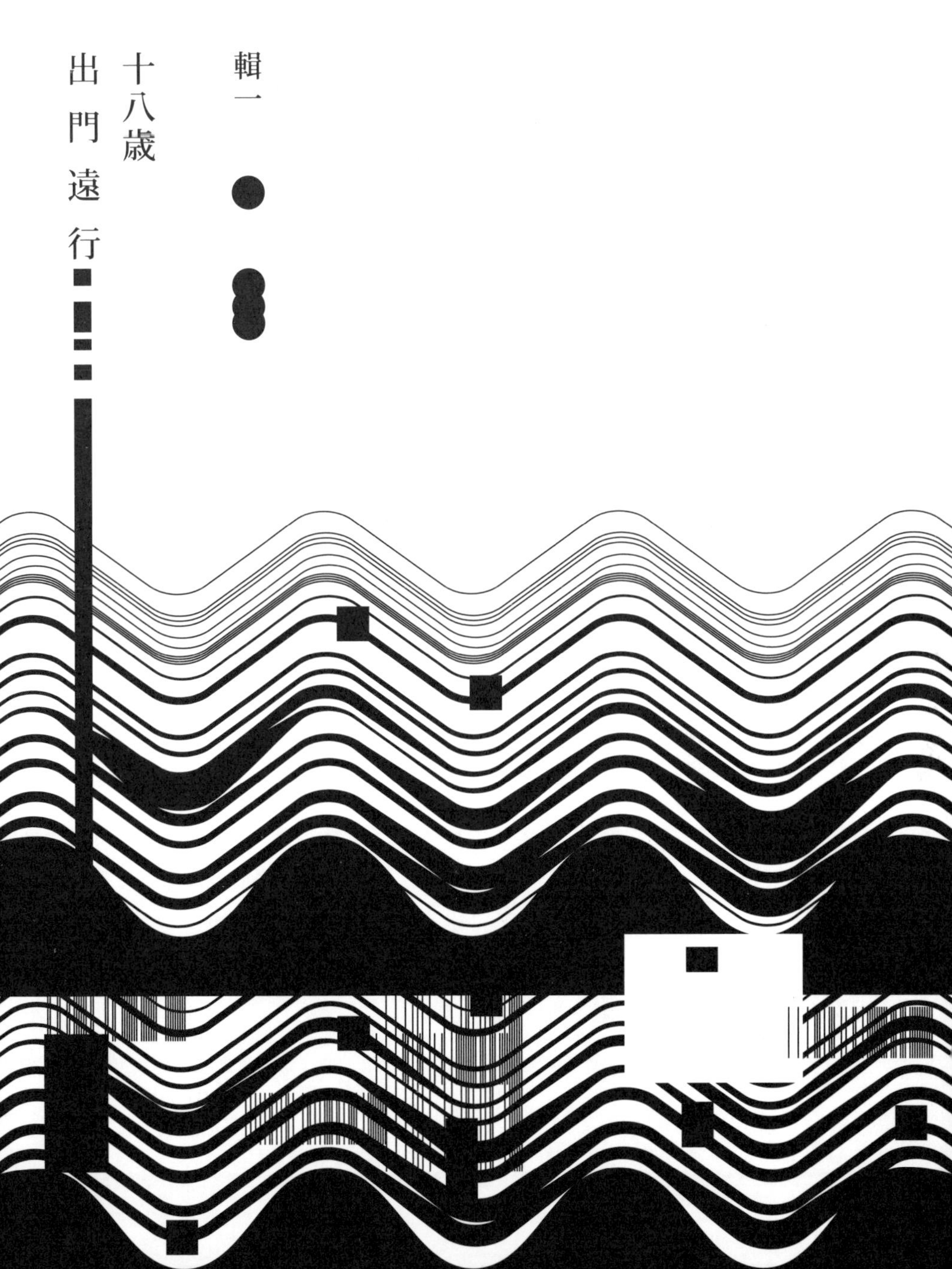

再會，白雪公主

童年居住在高雄二聖路和修文街口。高雄市區道路以一到十來命名者，幾乎都是人車倥傯，唯有二聖路例外，安靜，甚至有些荒涼。我已不能追溯是幾歲之前，每隔幾天還能看到牛車載著糞桶行過。對於都市孩子來說，活生生的牛，無論如何是稀奇的，因此總會打開門，捂著鼻子，認真觀看。那脖頸一圈圈垂掛下黃褐色皮，陳舊的木軛，略嗜啞的牛鈴聲，低頭，聳肩，緩慢地拖著，像一個薛西弗斯。

和牛車記憶綁在一起的，是終於鋪上柏油的修文街。八十年代，都市裡竟然還有石子路，崎嶇荒狉，男孩們天成的遊戲方場。鋪路那一陣子，家門口挖了深深的壕溝，調整管線什麼的。當時，我尚未進入人生閱讀的第一個狂飆時期，仍和一般孩子一樣，看改寫過的格林或安徒生童話。我的正方形開本彩圖《白雪公主》，騎馬釘裝幀，一脫頁就是左右正反四面的故事掉下來，對，它掉進了修文街的壕溝裡。

白雪公主的妹妹頭、白色燈籠袖和寶藍色馬甲背心，就這樣傾斜地堵在灰黑沙泥之中。那深度，小孩子絕對不可能撿到，也不知道為什麼，沒有告知大人幫忙。

多年以後，買到舊書，《文學的臺北》（洪範，一九八〇），讀亮軒先生寫和平東路拓寬道路、劃一景觀，那是七十年代的事情了。如今我就住和平東路附近，看兩岸樓房人行道井然，綠樹理所當然衛兵般每隔幾公尺站一個。亮軒先生曾參與過一條路的改編，我也曾參與過南方一條小街的重生，我的白雪公主在那過程中，被迫再次沉睡。

和平東路比起過去，自然熱鬧得多，是典型的都市幹道：公車路線多如牛毛，停車一位難求，拆老房子從不手軟。而修文街，即使附近蓋起了三越百貨，也仍然是靜謐而未發展的，風情更類似小鎮——二十年來，神壇還是那個神壇，髮廊仍是那家髮廊，停車位不難找，每戶人家都打開了大門，煨茶乘涼，路過時可以覷見他們的晚餐菜色。

當修文街逐漸邁入現代化，烈日下煙塵蒸騰，房子裡的我，也有自己的苦惱。母親對我大抵有種幻想，想把孩子培養成淑女。淑女當然得要會一兩樣樂器。某日經過三多路山葉音樂教室，落地大窗裡擺放著各式鋼琴，黑殼的，木紋的，直立的，橫臥的，櫃子裡樂譜整齊密麻看上去非常適當，玻璃窗內走動著的女人們率皆優雅好看。我停在那裡許久。

後來，學鋼琴學到一個討厭上課的地步。母親淡然地說：「當初可是妳自己說要學的，不然家裡根本不用花這個錢。」大概我從小就有為自己負責的良好德行，聽到這樣的責備，很不甘願地繼續回到鋼琴前。可是，睡前一想，總疑心那是母親布的陷阱，故意帶我去看美麗的鋼琴們（以及暗示：學了鋼琴以後可以變成高雅的女人）。

我不太清楚白雪公主是否彈鋼琴。但是，她應該是個熱愛音樂的女人，好萊塢以此拍攝純愛搞笑穿越題材的電影，白雪公主陰錯陽差跑到現代，整天唱歌，音色婉轉瀏亮，引來雀鳥們停棲於她肩頭手臂（還可以讓蟑螂與老鼠跑出來幫忙打掃），然而現代人男主角大喊：「（靠背）不要再唱了！」在童話世界裡，音樂（但不可以是搖滾）和美人是被連結的，包括對於中文系女生的幻想（琴棋書畫）也是。白雪公主是音癡，中文系女生如果分不清古琴和古箏，根本是不道德的。討厭鋼琴課的那幾年，根本不能設想，到了十七歲時我竟然因為某種原因（哎，是愛情），自發跑去學了古箏，黏著塑膠指甲片彈了好一陣子〈高山流水〉、〈將軍令〉（其實更常亂彈的是〈滄海一聲笑〉）。

鋼琴教師教學嚴厲，時常拿原子筆敲我指節，有時候一首小曲子彈了四個禮拜都還沒有通過。只有下了課後，老師面色稍稍和緩，會走出去把已停車在外等候的丈夫喚進來——進來參觀她的學生，也就是我——「你來看，你看，這個查某囝仔長得真是好。」

愛麗絲夢遊秋海棠

我是上世紀七十年代後期出生的臺灣人，成長過程剛好遭逢威權與非威權時代的過渡。解嚴那一年我九歲，隔年蔣經國去世，當時不知道這代表什麼意義，只是發現附近一所提供給半工讀學生的宿舍，那些藍制服青年全都跑出來，聚集在雜貨店裡看電視，交頭接耳。整個島嶼浮動著，什麼正試圖破繭。十四歲時假借到青年書局看書的名義，其實去約會，回程遲了，向母親宣稱由於在青年路遇到不知道什麼大遊行，人爆炸多，又塞車，還有警察，一時回不來——當然，遊行是真的。

而我的故鄉高雄，一度被當作「民主聖地」（只是臺灣可以被稱為「民主聖地」的地方似乎有點多，多了，也就沒有「聖地」感了），可是，某些自由思潮，也很奇怪的，比起臺北，還要慢一點才影響到中小學校園生活。所以，我擁有若干令同年紀臺北朋友錯愕的經歷。

例如，小學三年級，班級導師（一位捲捲頭的慈藹女性）發給每人五張卡片，假如聽見同學說臺語，就可以要求該位同學交出一張卡片。學期末，統計每個同學手上卡片的多寡，卡片越多，表示「國語化」得越徹底，方言說得少，是好孩子，好國民。我記得那真是草木皆兵，連發出本地發語詞「欸！」「猴～」，也會有一群同學一擁而上，大叫：「你說臺語！給我一張！」那時候，我們以為對岸人民全是講「國語」的，如果有一天真要「統」在一起，我們一張口就是臺語，久違的「同胞」會聽不懂。

或者是，我曾長期擔任升旗典禮司儀。每逢國定假日，前一天升旗時舉行儀式，「青年節慶祝大會」「國慶日慶祝大會」「行憲紀念日慶祝大會」之類。把白制服掖緊了，攏一攏頭髮，我端立於司令台一側，自覺以比平日肅穆三倍的聲音宣佈：「國慶日紀念大會開始，全體肅靜——現在恭請校長為我們致詞！」

典禮結束，台下同學們額上大珠小珠，熱死了，沒人在聽，互做怪表情，腳尖踢來踢去。重點是，最後我得以昂揚聲情帶領全校同學呼口號，口號內容不外乎：「服從領袖領導……三民主義統一中國——」之類。參加演講比賽、作文比賽，也說過、寫過「拯救大陸同胞於水深火熱之中」的結尾。什麼「保密防諜」作文比賽和壁報比賽，我也是時常躬逢其盛的。

可是，也許是戒嚴文化正在削弱（那種文化並不隨著解嚴就立刻結束），一切都形式化了。我從來都不瞭解「大陸同胞」究竟陷於怎樣的「水深火熱」。後來認識了同齡的中國朋友，他說過去也被教育臺灣人民生活很慘，「只有香蕉皮可以吃」，必須加以「解放」——長大後一想：「那香蕉都到哪裡去了？」

從地理課本我們學到：大陸很大，省分很多，各省物產和交通路線得背起來，假如考卷上面問你：「王小明想搭乘火車從福州到北京去探望舅舅，他會經過哪些鐵路？」必須能正確作答。國三班上我最要好的女孩就叫做「鶴碧」，全班讀到「鶴碧煤礦」，無聊男生們發出吃吃怪笑，隔壁十二班教到這裡，同樣有怪笑，因為該班級有人愛戀著本班的鶴碧。地理老師高頭大馬而輪廓深邃，愛吃榴槤，她說她十四歲才開始學寫字，在泰緬邊境長大，然後到臺灣留學，已經看過電影《異域》且為之流淚、都買過電影主題曲卡帶的我們非常震驚：「老師是孤軍的女兒嗎！」電影和現實，忽然縫合起來。

童年讀物裡有一套五冊《美麗秋海棠》，彩圖，銅版紙，附注音，內容是假設兩岸已經統一，臺灣這裡組了小學生團體去大陸進行長達一年的訪問旅行，如何與「同胞」們親切熱絡地交上朋友，且把地理課本所學「落實」。那些童言童語帶讀者進入過去只在地理課本讀到的世界，西湖，哈爾濱，呼和浩特，雅魯藏布江，白族，傣族，鄂倫春族。如此熟悉，又陌生。這十年來，每次到中國去，也是類似感覺——我已經知道是什麼在操作我的童年，我的意識形態是怎樣被煉成的，可是童年讀過的東西是如此難忘，最初的感覺視野從未能真正砍掉重練，強烈的 Déjà vu 裡，假作真時真亦假，「落實」的卻是咬合不準確的歷史。

就像愛麗絲一再跌入夢中，無論那開口是抽屜、洞穴、書本，兔子總是遙遠而隱約，總有那麼一隻懷錶始終滴答作響，提醒某些時差，依舊存在。

楊惠珍及其他

父親是竹北人，母親是屏東潮州人。都住客家人聚居區域，卻都不是客家人。唯母親練就一口熟軟的客家話，有時候也說：「來，教妳講客家話！」可是，剛過十八歲生日後兩個月，大一開學，母親送我到臺北，詢問的口氣：「妳以前那個男朋友沒有往來了吧，我看那個人不太好。」又千叮萬囑：「上大學交男朋友，獨子，還有客家人，都要避免。客家人很計較，女孩子嫁過去，一定吃苦。」想想，又說：「人家在街上遊行，妳不要跟著去，那個會留下紀錄，以後一輩子都擺脫不了。」是經歷過威權時代的人的恐懼。

當時，父親有沒有叮囑我什麼呢？想不起來了。也許沒有。父親在我長大的過程裡，慢慢變得面目模糊，沒有聲音。我記得在什麼樣的事情裡，母親如何發怒，如何她每天晚上和我在同一張書桌上陪我做數學習題，替我織過什麼款式的毛衣，代我做過美術課、家政課的作業。那些時刻裡，父親在做什麼呢？父親在家裡嗎——他在的，彷彿平行時空，而我始終沒有到他那邊去。

母親喜歡城市，而且適應，父親則喜歡鄉村。他們打從一開始就錯配了。母親非常生氣的時候會說：「妳爸爸那邊的親戚，簡直亂七八糟，妳不要跟他們一樣沒出息！」母親對人最嚴重的負評就是：「鄉巴佬！」

父母不睦，孩子都有傾向。我傾向了母親，她與我生活緊密，我與她越來越像。多年不去竹北奶奶家了。長久的隔閡使人尷尬。父親那邊的家族，我永遠聽到的都是轉了兩三手的傳聞：某某堂哥結婚時太太都快臨盆了，某某伯父和來家裡幫忙割稻的女人發生婚外情，云云。有時候故事近乎恐怖。母親有回談起：「聽妳大姑姑講，妳那個堂妹楊惠珍，吞農藥自殺，痛到在地上打滾，她妹妹打一一九，但是她給家裡帶來的麻煩實在是太多了，妳阿姆說，免叫救護車，死死欸好。」我很震驚：「是小時候回去都一起玩的楊惠珍嗎？」母親：

「是啊。」我：「那她後來咧？」母親：「死了。」

竹北的稻埕，瓜棚，瓜棚下好像胖不起來的雞，魚池，農田，農田部分改成釣蝦池（而且據說是釣龍蝦），田壟中央小土地廟，房子內雕花鏤空的隔板，霉味氤氳不去，密貼淺藍與冷白賽璐珞的浴室，棄置不用的大灶，柴房堆滿雜物可是繫了一架鞦韆。八十年代，家庭代工十分流行，回新竹時，和未出嫁的姑姑們，在閣樓裡組裝過聖誕燈泡、吊飾。堂哥們個性粗野，通常打赤膊在田裡玩，沒有什麼時候是清氣的。有次我們撈走伯父養的魚，裝進塑膠袋，跑到遠處空地，魚死了，堂哥們：「耶，烤來吃！」也不知道要刮鱗，忙忙地生火，架樹枝，烤焦了，撥開魚鱗，肉吃起來是苦的。我們沒吃完，踩熄火，棄屍草叢。

可是，再稍微年長一點點（也不過就是十一、二歲），我非得有書可看，否則就坐立難安時，回竹北變成苦差事。家裡的書多是銅版套裝，無法隨身攜帶，而竹北那裡，幾乎無書，只有已出嫁的小姑姑留下來，廢紙般磊疊的《讀者文摘》。天光裡，坐在田埂上讀掉一本又一本雜誌，對於英國鄉間鬧鬼凶宅、腦瘤可是認真向上的維吉尼亞州金髮少年、投奔自由後和盤托出的蘇俄間諜，瞭若指掌。書頁邊界，即是晃漾田水，福壽螺產卵豔粉如糖果，偶有墨痕小魚幽靈般彈過。和堂兄弟姊妹的田間玩樂，對我已然失去吸引力。

當我還視新竹假期為樂趣，回高雄前必然和楊惠珍手拉著手不願分開，我怎麼能知道她日後如此顛簸？那時候，我總是穿著大統百貨買來的洋裝，蕾絲邊短襪，五福路皮鞋行的圓頭絆帶瑪莉珍，而楊惠珍總是T恤，短褲，赤腳，T恤袖口往往有擦過鼻涕的痕跡。我們並不知道我們有什麼分別。當我知道我們有分別時，我已經很少去竹北。當她逃家、偷竊、整形、戀愛、戀愛失敗、未婚生子的故事傳到我這裡，事情通常過去好一段時間了。聽見死亡消息時，又離前面那些故事，隔了好幾年。我和她的人生，從哪一點，哪個時間，開始分道揚鑣呢？這分別是必然的嗎？是命運之不可逆料？是某種城鄉社經結構使然？如今，當初根本不會想到的，我竟然在新竹工作，離竹北那麼近，卻一直沒有過去拜訪過誰。

是在害怕什麼嗎？

母親的氣話是偏見，還是無能驗證的預言——「當初妳出生後，沒有搬到高雄來住，繼續住在那裡，就是變成另一個楊惠珍。」

共此（地下室）燈燭光

白先勇「紐約客」系列有篇〈芝加哥之死〉，吳漢魂在異國艱辛多年，幾乎斷絕與外界和家鄉的信息，終於拿到博士，才發現孑然孤獨，無有依傍。而他所居住的，正是地下室，租金便宜，天光單弱，永遠只能從高高的氣窗，瞥見大千都會那一雙雙腿脛——一個無臉的世界，而其實無面目的是他自己。

二十歲，讀杜斯妥也夫斯基《地下室手記》，為這部充滿自省自恨的小說而震動。「我是一個有病的人，我是一個心懷惡意的人」，「我的生命是極其幽暗，騷動，比野獸更為孤獨。我不同任何人做朋友，並且根本避免與任何人談話，我越來越深地埋入我的洞中」，那個洞穴，迷夢般的地下室，地下室般畏怯的心，從那沒有光的所在走出來，黑暗不是沾在衣袖，而是長在心臟。

二聖路的住家配有地下室。我記得地下室堆放了許多紙箱，日常用品，是否垂掛著蜘蛛絲呢我不太記得了，印象中那是個乾淨的空間，空氣與外界大不相同，比較濕，比較涼，像是藥粉打潮了，湊到鼻頭的氣息，深深吸入時瀰漫輕微麻痺感，可是有一種異樣甘芳（這描寫好像吸毒）。地下室階梯一上來，右手邊隔出來的小空間，就是我練琴的地方，母親鉤的米白橙花毛線織品覆蓋著黑色琴罩，上頭壓著綠琴譜，黃檯燈。

有時候我會一個人在地下室發呆。那裡光色昏暗，大概就是天花板中央懸膾一枚燈泡，我被自己影子覆蓋，皮膚為顫涼空氣包圍，好像那空氣就是水波，空白，漂浮。多年以後在袁哲生小說中讀到「我在心底深深渴望著能變成很小很小的人」，就能躲入玩具潛水艇中，慢慢潛入湖水，「還有什麼比這一小方空格更隱密、更令人期望呢」。我才知道，在童年的地下室，我已經擁有潛水艇和湖。

當年的元宵節，大人總是帶著小孩到附近文具行或雜貨店買塑膠花燈。節日鄰近時，這些店家會在騎樓下拉出鐵線，掛上花燈，多半是卡通人物或動物，也不乏鳳梨，飛機，以及傳統球形燈籠。當然，不是點蠟燭的，而是燈泡，把手是裝置電池處。有些花燈比較貴，控制閥分成兩段，其中一段可以造成閃爍效果。我喜歡的是宮燈，造型比較複雜，鉤曲盤纏的邊角雕花看上去比較不幼稚，而且，提著宮燈，很像是電視連續劇裡穿著長裙衣帶飄飄的宮廷女子。

某一年元宵節，母親早早就替我們買好了花燈。我的是宮燈（又買了一次），妹妹是兔子燈，妹妹和我在廚房裡扭開燈籠把手，裝上蝴蝶牌廉價電池。洋紅粉紅條紋相間的長耳兔子從肚腹處發光，光不及於耳朵處，遠遠望去，耳朵剩一點點，像大老鼠。我和妹妹並不覺得快樂。因為父親和母親又為了細故吵起來了。我知道父親夾菸的顫抖的手，陷得更深的法令紋，我也知道母親怒氣上升而同樣微微顫抖的，大眼睛下方那一塊因為多淚而早衰的肌肉（現在我也有了）。我慶幸他們沒有互丟東西，這場面我也不是沒遭遇過。母親高聲質問，父親低低辯駁，遠遠從客廳那裡傳來，空氣像一襲裹在誰身上太緊的衣服，一匝一匝的有一種張致的紋路，擠迫過來，再過來。過往經驗讓我知道這時候如果走到吵架現場去，必然會受波及。必得找個地方，逃離這空氣。

是的我到地下室去了。妹妹跟著我。推開控制閥，宮燈閃爍起來，在那昏黃夢影中，我並未變身為高雅古裝仕女。沿著樓梯往下走，往下走，一級一級走進沒有光的所在，走進冰涼湖水，隱形的潛艇。父母的聲音完全聽不到了。妹妹提著她的老鼠，不，是兔子，馴順地跟著我。

我們在那霉味微潮的靜靜的空間裡，找到紙板，鋪在地上，相互對坐著看那花燈持續閃爍著像是無聲，低抑的歡笑。興許是這樣的元宵太寂寥，我跑回廚房，拿來孔雀餅乾、鮮奶和碗公湯匙，和妹妹一起把餅乾浸在牛奶裡，那鬆脆質地立即軟化消解，和著牛奶吃掉，滋味微鹹微甜，是我們童年時以為的人間享受（比Oreo餅乾蘸牛奶的那種膩甜，層次要豐富得多）。姊妹身影在錯落亮起的燈籠照耀中，投射於牆上，像巨大的默劇。不久，妹妹就像小貓一樣地蜷縮在我身邊睡著了。回想起來，莫非那真是日後命運遠遠岔開的我和妹妹，一生中最親近的時刻。

叛逆與情色

潘迎紫主演《一代女皇》風靡臺灣，房間裡從地板到天花板的一整面牆全是書的小舅舅說：「這是電視啦，改編過了，武則天其實很複雜的。」他拿出柏楊《中國人史綱》，黑面亮膜，上下兩冊，「看唐朝那邊，有一章叫做『武曌』，就是講武則天，妳讀看看就知道了」。

哎，在柏楊筆下，武則天心狠手辣，果敢而好權，雖不可愛，有些部分簡直恐怖，卻很迷人。至於潘迎紫的武則天——我太注意她亮晶晶頭飾和茶壺把手般的髮型了。讀完了〈武曌〉一章，順勢就把前後一併廢寢忘食地讀完。那時候我十歲。這一個閱讀啟蒙太強烈，接下來我讀的是《醜陋的中國人》、《皇后之死》。後來，住家隔壁的外省老先生決心搬回青島去，把家裡兩大綑柏楊雜文集送給我，《蛇腰集》、《怪馬集》、《聖人集》、《高山滾鼓集》、《死不認錯集》、《聞過則怒集》之類，書名特異，內容機車，很快我就對於「醬缸」、「三作牌」等詞彙熟悉，而書頁斑點泛黃，翻開來揮散出霉濕氣息，如濡潤的藥粉包，如地下室。那就是我對於書的記憶，我喜歡那樣的氣味。

柏楊寫的歷史書與雜文，富有批判性，好戳破神話，揭露表象下的權力運作。此一意外的閱讀機緣，在日後的自我追認裡，總覺得那正是鞏固並強化我叛逆的重要力量。柏楊的書教我不要相信大人，不要相信表象，不要未經思考地相信那些被寫出來的東西——尤其是教科書。同時，我也著迷於那文氣，雜文裡頭信手拈來，出入人我與今古，喬酸作妒，故意誇大，自貶，淋漓滿紙，其實正言若反，而冷嘲譏評中實在是一份受傷的心懷。日後至二十六歲我才讀遍魯迅的雜文集，油然生出親切——原來源頭在這裡！那些惹人發笑發怒的文字背後，是死火中的烈血。

幾年後我曾寫信給柏楊。這應該是我人生第一次寫給作家的仰慕信。寫了什麼已經不記得，大概就是以一種既興奮又刻意要壓抑的口吻，太過熱切自己也感到尷尬的彆扭心態，談他的書怎樣替我在青春無聊沉悶中開了暗門，篩進微光，使努力想看清楚世界的少女得到慰藉與憑依。信是寄到星光出版社去。一個月後，收到了回信。是一本書，《柏楊回憶錄》，還有短箇，張香華女士代寫，柏楊說他年紀大了，眼睛很差，沒有辦法親自寫信給我，但是他看了我的信（也許是張女士讀給他聽的），很高興能對年輕人有幫助。隔不久，我在一個營隊中終於聽到他公開演講，說了什麼，也是忘了，只記得工作人員先幫他準備好的飲料：玻璃瓶可口可樂。據說是他的最愛。

和柏楊同時出現在我閱讀視野裡而又可資標誌的，有點不好意思，是《金瓶梅詞話》。大開版仿宋體上下兩欄印刷，舊黃書頁同樣泛出地下室氣味，不知道為甚麼，竟然是和盆栽、奇石、鐵道等銅版印刷書籍，一同放置在外公家客廳玻璃書櫥中。這不是潔本。當年可是一翻開就翻到了西門慶和僕人妻子王六兒的偷情場面，那些罕用字或者古字，特殊稱謂，房間內的情慾裝置（後來我在《紅樓夢》秦可卿房間看見了高級版本），調情用語，乃至奇怪的把色情場面融入詞曲體，放在末尾來替整個情節定調的寫法——很幸運的（或者這其實是一種早熟的不幸？），我竟然全部看得懂——整個充滿了刺激，而且滑稽。

後來我就把《金瓶梅詞話》從外公家拿走了。什麼是性（身與心的雙重統治，宰制與被宰制的扮裝遊戲）？通過什麼手段去擄獲女子的愛欲（當她亟欲改變處境），男子的寵幸（當他選擇過多）？那些低俗的玩笑，縱橫連合的妻妾關係，竊聽的情欲政治，中下層家庭內部的日常風景，女子屈身以事男子，哀怨，嫉妒，男子屈身以事更有權勢的男子，以求得更多金錢與更高地位，那過程是作小伏低，溫存體貼，先憂而憂，先樂而樂，投其所好，飾其所缺，既刻意又自然，道理竟與女子爭寵於男子時無異。

我已十年未曾重讀柏楊。對於《金瓶梅》那隱密的愛好也已經被《紅樓夢》取代。因為叛逆已經成為信仰，而愛欲萬般情態，迂迴當然比直截更有魅力，也更引發浮想。中學時代，一次與母親的大吵中，她扔掉了那本從外公家偷來的《金瓶梅詞話》（因為我那些戀愛，母親感應到早熟可能帶來的危機？）。直到二十歲，在舊光華商場地下小書店內，找到一模一樣的本子，只花了二十五元，重逢老友一般，平靜而思念地把那本書帶回來。此刻仍置於我書桌左近處。

洋流裡熱暖的血

林靖傑導演的《尋找背海的人》，我出現在片中大概三秒吧，作為紀錄片傳主對映者的伊格言（經典小說家對青年小說家）身邊的龍套角色，敝人的功能是：問了王文興「喜歡植物還是動物」，結果他熱心拿出一堆動物圖片，而引發大家的錯愕與笑。這問題本是和伊格言閒聊間引出的好奇，前因已經不記得了。

我是愛動物勝過植物的。當然，一切富於生機者，都是寫作者注目感受的對象，辛棄疾說「我見青山多嫵媚，料青山、見我應如是」，鄭愁予則更進一步，「我本是仰臥的青山一列」。可是，把自然界的存在變成自我的註腳，又並非此處我說愛動物的那種愛——雖然，這正是漢語古典中的常見作法，任何非我的事物，都可以寄託我之情志，古代文人有太多「遙旨」，又不甘心，躲躲藏藏在花葉與斑紋後面。老虎的猛志，女蘿的纏綿，我當然愛牠／它們，卻不是為了以自我替代對方。

孩童的蒙學讀物，父母大抵傾向先買動植物大自然書籍，然後才是兒童版的《孤雛淚》、《愛的教育》、《紅樓夢》。印象所及，高雄家裡的鋼琴旁，綠格子合板書架上，有兩百本一套的注音讀物，一百本是動植物，五十本科學，五十本人文。科學部分有什麼，我徹底忘了（這就是導致國中時代理化考題計算怪異容器內部大氣壓力我總是失敗的潛因嗎），人文部分，最喜歡談建築的那本（對於哥德式教堂工程的精密與繁冗，印象深刻，多年以後當我幾次站在歐洲這類教堂的面前，總是一再以為，那就是時間的腔與骨，嶙峋，森嚴）。動植物系列我喜歡的則多到不及備載——比如蛇類，第二十二頁那張森蚺的照片如此美；比如海麒麟，造型如小島漂浮，顏色絢爛多變到使人懷疑與晚霞同根同種；比如椿象，產卵時必然要排列成六角形，未知究竟是什麼神秘宇宙力量的驅策與具現；比如蕨類，葉片羽毛背後，微焦孢子緊密排列像隱藏的夢境種子；比如食蟲植物，豬籠草毛氈苔之類，看見薄翅族類在迎光透明植物身體裡消融至一半，或黏纏在熟豔帶刺的唇吻間，不容拒絕，暴烈，深入。

成人書籍和兒童書籍的差異，在於字變多，變小，用字轉難，說理漸深。旋不久母親就買了一套顯然是給成人看的動物書籍，開本大，而字又密又細。我最喜歡《深海動物》，它除了愕異的圖片（鯊類亂岩般的口腔，成群頭部或腹部發冷光的幽靈魚類），詳細清晰的習性解說，還附有四、五篇相關的翻譯短篇小說。其中一篇，寫巨型章魚襲擊船隻，強壯觸手從底部整個把船托出海面，傾斜，震盪，迂曲觸手尾端像噩夢本身那樣，黏，騷擾，竄入桅杆、甲板，纏抱住水手們，牠漆黑團圓如人首的眼珠迎向船舷，海神之變種，大航行中一切恐懼之集合。小說生動敘述那些水手怎樣奮力想脫離觸手，吸盤咬囓他們的皮膚，使臉破損如潮壁，終於解放出一隻胳膊，抽出水手刀，極力一剁，那觸手鬆開了，另一隻觸手迅速補上。讀者如我，幾可以聽見紙葉間傳來那人被纏緊窒息時骨架格格作聲，勇氣因為死亡逼近而喪失，崩潰前是身體彈響了自己。

還有一篇，寫度假海濱，鯊魚噬人。小說裡的女子，也許叫露意莎，也許叫白蘭琪，所有讀小說的人都知道她將被鯊魚攻擊，只有她是茫然無知的。那肌膚因為冷海水長時間洗浸而微麻，搖曳著金髮，水中漂散，彷彿受了詛咒而更為美麗，因為美麗而必然招嫉，她感覺左邊大腿在深水中被絆了一下，然後，一縷暖流湧過身體，她有些困惑地伸手到被絆住處，卻發現摸到了被撕扯開來的創口——糊朽的，自己的血肉。露意莎，或白蘭琪，這時候才終於為恐怖佔領，尖叫起來，翻騰潑刺如同蝴蝶陷入巨大毛氈苔。全部過程必然才幾秒鐘，小說寫來，因為太精細了，好像過了一世紀。

日後我反覆設想，洋流中為鮮血包圍的瞬間，女子肩膊淺淺露出水面，必然因為麻涼與暖熱的對比，起了顫慄，近乎甜美。那正是渴望生命受衝擊，夢想著長大後可以如何如何，安逸於生活中穩定的部分，卻又急於實踐書中看來的，愛的犧牲與磨折。孩童與成人時期短暫交接重疊的瞬刻，危險先直覺般體現，警醒與暈眩同源二面，而我，我亦錯以為那是幸福之兆。

我的紅色小史

小學時候在美術課製作國旗，青天白日十二道輝芒，不是多畫就是少畫，忽大忽小；紅色部分很開心，只要照直塗滿就好，唯一的風險是——課堂間常有同學高呼：「我紅色沒水了啦，誰借我一下！」或者有同學問：「怎麼辦，改用橘色好了，會不會被老師罵啊？」沒人真的在意。

那時候是八十年代後半葉。全島氣氛浮動。解嚴了，蔣經國去世了，六四天安門事件發生了，九十年代了我開始變成國中生。初戀。開始寫作。之後中學六年，我討厭紅色，大抵是想要扮酷，不穿制服的時候老是一身黑。身體越來越女性化，戀愛也不順，彷彿是怪罪於這總是被框定在脆弱柔美的女性氣質，抵抗似的，想讓自己中性一些。母親憂慮地望著我：「怎麼這樣全身黑麻麻的？真不吉利。」我：「妳都買那種有蝴蝶結的粉紅色衣服給我，我才不要。」母親：「奇怪，妳小時候不是喜歡紅色嗎？搭計程車非得等到紅色的，不然根本不願意搭。」我：「反正我現在不喜歡！」跑到百貨公司買了一雙沉重的黑靴子。母親皺起眉頭：「這是什麼？好像軍靴一樣。女孩子這樣好嗎？」

這種對於紅色系／女性／溫柔細節的排擠，離家上了大學忽然不藥而癒。正紅粉紅桃紅，豆沙紅烹蝦紅單衫杏子紅，一點一點，回到我的衣櫃裡。我已經明白：衣服女性化，裝飾明豔，一點不影響我心裡那一點抵抗的硬核。這時已經是九十年代後半葉了，母親打電話來：「妳在臺北不要跟人家去什麼示威遊行。」我（翻白眼）：「又不會怎樣。」母親：「什麼不會怎樣？那要是被紀錄被存檔了，會一輩子跟著妳。妳沒有看臺大畢業的那個誰，那個羅文嘉，就是有負面紀錄，去當兵都被刁難。」我：「拜託，羅文嘉那是十年前耶。」母親又說：「那國慶日放假，有沒有要回家？」我：「我要寫報告啦沒時間。」

搭公車到了火車站附近，各種裝飾與標語都掛出來了，一色是紅的。總統府也早被搭成廟會牌樓似的，鋸齒狀小旗子嘉年華鋪天蓋地。雙十國慶，同學問：「要不要去看閱兵？」還有北一女畢業的同學說：「國慶日最討厭，我們都要去排字，一直曬太陽，好蠢好無聊！」另外有同學低聲：「你知道××系那個某某嗎？她就是去年的國慶司儀耶。我上次在路上看到本人，長得還好嘛。」

現在，我又回到童年時代那樣，鍾意於紅色。愛島嶼，不等於愛那個國慶，愛那面旗子——雖然，在島嶼的特殊處境下，青天白日滿地紅有時候確實使人激動。是澎湃，奔放，不讓人錯過的顏色，像是張國榮唱過的〈紅〉，心花亂墜，猛火中眠，是「最絕色的傷口」，使我反覆探尋，那紅色與我心血的關聯。

抒情即將發生

八十年代結束時，我十二歲。

六四天安門事件發生，畫面上緩緩前進的坦克，一個人擋在砲管前。坦克往左，他就往左，坦克往右，他也往右。像巨靈與人類尷尬的舞蹈。坦克顯得如此不自在，那可是重鎧甲內兵士的心情？那徘徊而又針對的背影，簡直如同Caspar David Friedrich的畫作〈海邊僧侶〉一般，徒留一條黑影在天地之際，桌布上不慎被燙焦的痕跡——整個時代就像僧侶背後那一片陳舊的天穹，青烏的海潮。

可是，這其實是我後來無數次重看那個著名錄影，逐漸累積出來的印象。

六四於我，或者於我那一代，其意義與力量或者都是長大後才自己重新找回來的。我甚至不記得這個擋坦克的勇敢畫面，是否真在我十二歲時曾經看到。我只記得，所有人都在夜市買了《歷史的傷痕》卡帶，那首同名歌曲，「矇上眼睛就以為看不見／摀上耳朵就以為聽不到」，曾風行上口一如〈永遠不回頭〉。要到上了大學以後，我才知道張雨生我最喜歡的歌曲〈沒有煙抽的日子〉，原來也是獻給六四的，歌詞來自王丹的詩，「手裡沒有煙那就劃一根火柴吧／去抽你的無奈／去抽那永遠無法再來的一縷雨絲」。然而，就像當年的六四歌曲對我來說更是一群當紅歌手的集合，懵懂沒人跟我解釋這到底怎麼回事，「百度知道」上有人詢問〈沒有煙抽的日子〉歌詞究竟是何意思，回答的人表示，「應該是指人生遇到挫折，事業到了谷底的時候，鬱悶晦澀的心情」。

多年以後，有一回和一個稍稍年長的中國朋友在蘇州街頭閒晃，談起此事。遲疑了一會，她說：「那時候我是個中學生，不在北京，其實也搞不懂發生了什麼事情。歷史在發生的當下是無法談論的，得隔了一點時間距離去看，才能清楚，不好隨便論斷。我覺得現在還不具備足夠的時間距離，還不是談這事情的最好時機。」這回答謹慎，正當，使我啞口無言。不過是簡單談談，想知道十幾歲時她接收到多少訊息，可是對方嚴陣以待，以為千斤直下，她需以四兩撥去。

比起尋找光明卻被熄滅的一整代廣場上的黑眼睛，我更在意的，是某些朦朧的觸發。六四發生那年，我讀完金庸、古龍、少量諸葛青雲臥龍生上官鼎。讀金庸，我喜歡驕橫又深情的趙敏，讀古龍，人人對機靈的小魚兒、咳嗽的李尋歡、瀟灑的楚留香，最富好感，我偏偏難以忘懷跛足孤僻的傅紅雪。同時，在教我讀柏楊的小舅舅書架上，找到了幾本林語堂來讀，尤其喜歡《紅牡丹》，那麼美，那麼奔放，純真的蕩女，「一生兒愛好是天然」，可以同時征服學者、杭州詩人和天橋下賣藝的肌肉男。這些形象豐富又分散，拼湊成為最初愛情幻想的根源。比如趙敏意味著背棄父兄家國、全心全意跟隨所愛之人，《紅牡丹》裡梁牡丹那麼真誠地移情別戀，又那麼真誠地痛苦著——絲毫不以為這兩者有何相左處。至於傅紅雪，大抵就是象徵著潦倒、受過傷、壓抑的中年男子罷，最能引發女人母性。

八十年代結束。我上中學。初戀就在十三歲。我是十五班班長，對方是十三班班長，每次有任何年級事務被集合到行政大樓去。後來男孩說：「當時我真的覺得，十四班班長很礙眼，他可以不要擋在我們中間嗎！」那年代女生都在文具行買漫畫《雙星奇緣》墊板，男孩長得如同這部漫畫主角，言情小說中的陳腔濫調全派得上用場。就如同所有的初戀一樣，我買過許多畫面氤氳的信紙，酒杯與玫瑰，懷錶與百合，黃燈光，斜體英文字，寫了多少現在一句也想不起來的信。我們在下課與姊妹淘或者兄弟結伴，故意經過對方教室，只為了若無其事瞥那麼一眼，眼神對上了，就心跳得快要死掉。

當然，也如同所有的初戀一樣，我們因為老師與父母的關切，聯考壓力之名，而在眼淚中協議分手，以為自己是天底下最慘情的少女。直到上了大學，我在木柵，他在景美，又恢復了友誼，他時常騎機車來找我，在貓空山路上漫遊。他會略帶調侃地對朋友介紹：「哎，這是我初戀女友。」或者複雜一點、文藝腔一點：「這是啟蒙我愛情的那個女人。」畢業，退伍，他進了保險業（但沒有跟我拉過保險就是）。然而最近十年已失去聯絡。

初戀的開始與結束，帶來所謂痛苦——實實在在地感受到胸膛內面被劃傷，手指觸按不到的地方，不知道如何止血，只能等待自行痊癒。當痛苦擠迫到了一個地步，我必得做些什麼。是緩解，是疏通，是人們稱之為「抒情」的那件事情——我開始為自己寫作。

一個多風的午後

學校課堂作文，我討厭固定題目，喜歡自由命題。即使老師規定好了，仗著「我作文比賽時常第一名，應該有豁免權吧」的自信，從不向老師詢問，自己訂了「感覺很成熟」的題目，例如〈戲院速寫〉、〈一個多風的午後〉，看似淡定，實則霧中有風景，尋常中隱藏火線——當然，這是理想，十幾歲時還不能做到。

我仍記得〈戲院速寫〉毫無中心主旨地，只是描繪了四個戲院外陌生人的形貌，〈一個多風的午後〉，寫陰翳日子裡街道上的幾件卑微小事，花盆打破了，孩子跌倒了。這兩篇文章均無開頭，亦無收束。

後來，讀王鼎鈞先生的書《作文七巧》、《作文十四問》，談到學生寫文章，最大的問題就是無話可說，他因此教人該如何拓展視線，聯想，延伸。當時我就想，我根本沒有無話可說的問題，而是想得太多、想說的也太多。哪些是值得寫的？怎麼打磨材料？如何使文字閃耀生輝？一直到寫了十幾年以後，我才逐漸開始習得：有時候或許不是材料需要打磨，而是如何顯現材料原來的質感；不是如何使文字閃耀生輝，而是如何把文字的鑽光隱晦一些，醒目而不刺目。

厭惡固定題目、偏好自由做夢的傾向，或許正是成為創作者的前提。然而，作為一個總是能夠在制式題目比賽中得獎的學生，何時開始知道，我是在創作，而非作文？

我的投稿史很長，很早，《國語日報》、《兒童日報》、民生報《兒童週刊》、《臺灣時報》兒童版之類，我都曾發表過修辭豐贍、文字流暢、充滿想像而又可能具備粗淺道理的文章，時常領到五十元或一百元稿費，稿費如何處理，不記得了，只知道沒像是張愛玲那樣去買了唇膏。可是，這些文章都是屬於落筆行文時，我已經知道大人們會喜歡，我知道他們接受這樣「熟練」的「兒童」作品，只要你的聯想是可愛的，結論是孝順父母、服從師長、瞻望未來的。換句話說，這是為別人寫的。有趣的是，童年得到最多次的評語是「文筆老練」，二十幾歲時在網路寫作，常被以為是四十幾歲。

當我開始意識到，正在寫的，是一篇父母老師可能不會喜歡的作品（甚至不應該讓他們看到），是寫自己憂慮、徘徊的那一點感受。那份感受很難通過什麼樣設計好的結構去表現，因為心緒奔流不定，窗外景色如潮水一樣滑過思想的河床，日光透出窗紗如豹紋，投向壞壁如彈孔，一雙擠卡在鐵窗格內的球鞋，一塊歪斜且欲墜的藍漆門牌，一切細節都像是諭示著什麼，既是花邊，又是遠景。記憶是貪婪的，目光是獵取的，可是我知道我不能寫下全部。激情可以無窮，可是在文章裡，必須是有節制的，甚至應該壓抑。讀者要讀到的不是火焰本身，而是被壓抑住的火焰那時時微爆開的隱熱。

第一篇為自己寫的創作發表在救國團刊物《高青文粹》上。那時候全部國一、國二學生都要訂閱此刊，影響頗為廣大。文章刊出來了，初戀男友班上全都讀到了。那時候我十四歲，國二，他的班級改為十二班，我則進了六班，十二班教室在六班樓上，樓上樓下學生時常把頭探出欄杆朝上或者朝下喊話：「某某某數學自修借我！」下午掃地時間，十二班某無聊男生探出欄杆，看見我在走廊憑欄發呆，遂拿出該期《高青》向我揮舞：「楊佳嫻妳的文章好肉麻喔！」英俊的雙星奇緣男孩這時候也出現在欄杆邊，和同學推推搡搡，搶奪那本小刊物。我說：「你們真的很白癡！」雙星奇緣男孩一隻手臂緊勒住同學脖子，一面皺著眉頭，向我說：「欸，妳不要寫了啦，大家都看到了，我很不好意思耶。如果老師也看到怎麼辦！」

我才知道，擁有寫作能力，對於別人來說，也許是一種恐懼與困擾。同樣在一段情感中，於我是溫泉或冷泉，我心起落，鮮血或者滾沸或者滯凍，使我不能不有所動，不能不形於某種創造的形式。於他人，卻可能只是推開了一扇窗子，花光亂羽，看完了聽完了，就可以關上，就可以剪下。同樣多風的一個午後，有人速寫，有人是長鏡頭，有人快步走過避風頭，有人停下來，聽風穿過衣服頭髮，留下時間的鐵屑。

之後，一直到高中畢業，在《高青文粹》上登過十數篇散文，同時認識了許多其他名字。其中有些人，至今仍和我一樣，孜孜於寫作，有些名字消逝了，不知道他們帶著一顆愛美敏感的心，到哪裡去了，在做些什麼。

畫錯重點

幾本《中副選集》，夏元瑜《老生閒談》、《老生再談》，黎明文化版《林海音自選集》，林海音《豆腐一聲天下白》和《曉雲》，侯榕生《又見北平》。這是在我的科普讀物、兒童版經典文學套書、柏楊、《金瓶梅》以外，家中原本就有的書籍。也許曾是母親愛的。

我把夏元瑜那些製作動物標本的散文讀了又讀，認識了哈士蟆（竟然是雌蛙輸卵管乾燥而成），又知道了熊掌必須連皮烹調，否則油脂盡去，鬼都不剩（後來才知道老蓋仙做過北平動物園「萬牲園」園長）。同樣認真地把《林海音自選集》翻來覆去地看，從〈驢打滾兒〉認識了「驢打滾兒」這種裹著綠豆粉的京城平民點心（其實人家描寫的主旨是親子分隔的悲傷），從〈蟹殼黃〉認識了「蟹殼黃」這種酥皮食物（長大後才發現這小說分明倡導戰後臺灣族群融合），從〈燭〉讀到了舊時代女性莫大的悲哀和壓抑，從〈綠藻與鹹蛋〉讀到了凌叔華式的小家庭感情故事。

夏元瑜沖淡幽默，林海音溫暖圓潤，向我展示文學家的人格與風格。當我開始寫作，他們帶來的知識與感覺，時常浮現，可是我無法向他們靠攏。可能我也幽默，卻無法有老蓋仙歷練繁華的了然，了然後的自侃，可能我也捕捉溫暖，卻不能有地母般性情的林海音那種安慰與悲憫。他們都是經歷過大遷徙的。人格的差別，性情的相異，教養與時代在型塑我，使我不能輕易模擬前代人。我只能作我這一代人。

林海音、夏元瑜陪我度過了國中時光。被編到A段班去，班導師不是數學老師就是理化老師，他們對我都無甚好感。除了這兩科我從來沒好成績，數學老師嫌我愛做夢，理化老師嫌我和男生走太近。家庭訪問，長得像是紅面鴨的數學老師向我母親說：「佳嫻數學考成這個樣子，怎麼能上雄女？還整天做作家夢。」母親戒備地說：「喔，可是我真的覺得我女兒寫得不錯欸。」面孔清臞略有朱西甯風的理化老師來告狀：「佳嫻老是和十班的男生打打鬧鬧，成什麼樣子。」母親竟然得意起來：「喔對啊，她從小就是異性緣好。」

用現在的話來說，我媽完全畫錯重點了。

但是，母親對女兒的信心也不是一夕培養起來的，多數時間呈現出不穩定狀態。高中沒考好，我媽：「妳要不要去讀屏東商專啊，以後找工作也比較好找。」我很錯愕：「媽妳在想什麼啊！」推薦甄試考上政大時，我媽：「我們家真應該送匾額給教育部了。」我：「欸我國文滿級分欸。」後來到臺大讀書，博士畢業以前，每次回高雄，坐在母親車上，她仍然很憂心地：「妳在臺大不會跟不上嗎？妳以前數學那麼爛。」我：「我是去讀中文所，又不是數學系。拜託，妳女兒讀文學會輸給其他人嗎！」或者也會做出如下建議：「妳一張嘴那麼會講，要不要去教作文班啊？」我大怒：「最好是啦！」我媽：「上次那個誰誰誰說他女兒作文成績很爛，妳要不要去指點一下。」我：「才不要！走開！」我媽：「我在電視上看吳淡如好像很不錯，她不是你們臺大中文學姊嗎？妳以後變成那樣也很好啊。」我（崩潰）：「我……我的臉才不想掛在7-11裡奇怪的紅酒瓶上！咦，停車一下，我要去買丹丹漢堡的麵線羹！」

面對母親時，我自動恢復成那個反抗的小孩，全部句子都以驚嘆號結束，加強拒絕的氣勢。大人的建議怎麼聽怎麼討厭，反抗的小孩通常認為和他們說道理是無用的。不過，我也可能是畫錯重點了。

還是去讀了高中。那是一所位於工業區的學校，四周頗為荒涼，河流污染成濃黑色。學校老師：「你們現在好多了。二十年前，附近工廠還會飄來硫酸鏗咧，只好宣佈全校下午停課。」就像大部分文藝青年一樣，我參加了校刊社，用十個化名發表風花雪月的文章，當了社長，請公假請得很開心，功課一度在留級邊緣。我媽：「妳那時候為甚麼可以順利升上高三？還不是妳們數學老師她老公選上市議員了，心情好。」我扮出河豚臉：「噗。」

然後我開始迷楊牧。不，正確地說，我當時並不知道楊牧的好處，也讀不懂他的詩，我迷的那位，當時叫做葉珊。夏元瑜和林海音畢竟洗練而老派，《葉珊散文集》則直擊青春之心：「我始終不承認自己是一個感情脆弱的人，有時臨風而立，我就覺得落拓了，萬物都如雲煙，把握不住……。」竟然有人早我一步寫出了我的感覺。

我的純散文時代

十八歲之前，我是一個詩的麻瓜，尚不能理解詩之精微奧妙。雖然，那時候我已經開始窺得詩裡面確實隱藏了什麼，可以證成我的深淵與雲端，可以迫使我顯露犄角，同時撤除對於最柔軟處的保護。

高中三年，我只能寫散文，也在那些名家作品中汲汲地尋找可遵循的偶像。反覆讀簡媜《水問》、《胭脂盆地》和《夢遊書》，以及楊牧《葉珊散文集》——全是洪範的書。《水問》裡那些現在讀來頗顯誇張和孩子氣的篇章（可是誰年輕時候的作品不是這樣？），「我想，我是椰林大道上有史以來最膽怯的小貴賓了。」我真的只走到一半就走不下去了，這也難怪，一雙見慣了崎嶇曲折、羊腸小徑的眼睛，突然一下地看到坦蕩蕩、直通通、高矗著椰子樹的大道，怎不倏地心跳加快、膽顫心驚呢？於是我便真的怯生生地向後轉，回到大門口去坐著，任那吹到一半的歡迎號角變成渾厚的暗笑之原音，任那為我而敲的傅鐘不知所措地敲完二十二響」，提供了我對於臺大的想像。多年後真正進臺大讀書，椰林大道在我眼中已不是壯麗意象，而是殖民者南國想像的象徵，簡媜式浪漫仍在我心中，像純真的柴薪燒完了，餘燼仍微微發紅。

簡媜早期文字富麗，後來，富麗之外，又多了幽默，寫都市時尤其有一種冷調的調侃。她的作品我從未照單全收，明顯偏好校園與都市題材，寫家鄉的《月娘照眠床》和寫山居寺院工作生活的《只緣身在此山中》，只讀過一次。《女兒紅》之後，寫育兒的《紅嬰仔》我就完全失去興趣，現在想來，其實是因為偶像竟然也走入結婚養育的尋常道路，仙女墜入凡間，令人一時難以調適，不如避開。然而，她想像如此豐沛，善於鑄造尖新意象，向我示範了鍊字的功夫，一點都不輸給最好的詩人。

緣於崇拜，上大學時我只帶了七本書來臺北，全是簡媜著作。雖然對於鄉居題材不非常感興趣，大一那年的秋天，和當時的男友還約搭慢車到簡媜家鄉宜蘭冬山去看看。那天發生了一點插曲。剛剛分手的前男友忽然表示他從中壢騎機車到政大了，要求我出去見面。站在醉夢溪欄杆旁，看水清淺浸過開滿細花的芒草，不斷流走，流走，難剪難理的沉默，忽然這個男孩說：「妳堅持要分手的話，我就從這裡跳下去。」以死要脅的傢伙最討厭了，我大怒曰：「媽的你跳啊，你現在立刻給我跳下去。」我已經不復記憶這件事情究竟如何收場，像是曝光，斷裂，電影忽然就接到我和學長坐在搖搖晃晃繞行大島北端的慢車廂裡，大雨如密矢，擦傷全部窗景。

然後，這些書在接下來十餘年的異地生活裡，一本本又帶回了高雄，最後只剩下大雁版因為年深月久摸上去毛茸茸的《夢遊書》，還在手邊。愛的消逝，除了長大了，崇拜逐漸褪色，也許還包含了我的閱讀品味與愛好已經轉向。然而我知道我的內裡，永遠容納著簡媜高密度文字替我儲存的資產。

至於尋訪偶像之旅——抵達冬山車站時，已是半夜，沒有任何站務人員，只好爬牆進去。候車室冷淡無人，兩人在長椅上睡著了。第二天，被盈耳的禽鳥叫聲吵醒，睜開眼睛，是站長罷，戴著大盤帽，俯首看著我們：「你們臺北來的齁？雨很大沒什麼好玩啦，趕快回家了。」意識清醒過來，才發現車站裡都是便裝膠靴的歐機桑歐巴桑們，他們拎著包袱網袋、（倒提的）活雞鴨和各種雜貨，跟著站長圍觀我們，笑嘻嘻露出金牙，好像我們是兩個頭或三隻腳的雞鴨。

楊牧《葉珊散文集》則是高二時一個理科班級男生送我的。他喜歡文學，別人介紹我們認識，就變成了筆友。他的字跡委婉而縮小，言語含蓄，使用香氣濃郁、滿布碎花、輪廓繁複的昂貴信紙。有時我錯覺像是跟女孩通信。他送了我《葉珊散文集》、《年輪》、《交流道》、《飛過火山》、《搜索者》。以我當時程度，最能接納的就是感傷唯美的《葉珊散文集》，二十二歲以後才真正能領會《搜索者》寫得有多好，實在晚熟。這個理科男孩喜歡穿白色長襪，臉上總有一種欲語還羞的神色。怎麼停止通信，我已經不記得了。那幾本舊版洪範楊牧，紙葉發黃，倒是一直在我書架上，跟著我在臺北搬了幾次家。

最後一次見到這個男孩，是某次去東區吃巴西窯烤，服務人員擎著長鐵刺一桌一桌裁下剛剛烤好的肉。其中一個，竟然是他。他安靜地到我這一桌，揮刀俐落切下肉塊，妥放在瓷盤中央，眼神不與我相對。又過了幾年，從高中同學那裡聽到，他正在存錢，想做變性手術。

埋金

朋友說最喜歡看著早餐店鐵板油花滋滋作響，且立下宏願：往後擁有自己的房子，廚房裡也要裝設鐵板，「這樣根本就不需要買平底鍋了，可以自己在家製作美而美豬排蛋堡，是多麼歡樂的事情啊（大心）」。

然而，燒烤鐵板一物，在我記憶中卻是和恐怖電影連在一起的。小學畢業旅行，道阻且長的遊覽車上竟然放映《禁入墳場》給學生看，從頭到尾沒有任何人提出抗議，我們緊握著手上的真魷味和雞蛋蜜豆奶，不時發出驚呼以致把零食傾倒在別人裙子上，而老師們都睡著了，他們疲憊閉目的中年臉孔一點都不受我們叫喊聲的打擾。電影中一幕，即是某女性陰錯陽差而在烹飪時整個側臉倒向滾燙鐵板，那圓睜的灰藍色眼睛，鬈髮，那同樣滋滋作響——然而是死亡的油花微濺開來。畫面定在那張臉上也許只有三秒，我卻覺得是整部電影最可怕的一幕。

長大以後回想，《禁入墳場》談的其實是至寶之物失卻後的痛苦，以及為了消除這痛苦，逆死神而行，卻發生了異變。日後當我也一次次失去了寶愛的什麼，我從不以為可以挽回。有時候心也像是電影裡那座古印第安復活墳場，埋下那灰燼，有如砂金，掘出來卻是強酸般的惡泉。

然而想到電影，我最想說的不是鐵板，而是父親。

除了極其少數例外，多半我的童年電影經驗都是與父親在一起的。在勉強追憶的斷片裡，父親似乎是愛看電影的。他疼愛我，必定拎著我去。我專門去喫零食，喝汽水，昏睡，偶然醒來掇拾到一點吉光，記住了誰的臉，誰的眉目眼神，誰打從幽黯轉角離去，又睡去，而又把這些吉光壓入意識深層，星沉海底。父親是不看恐怖片的，他喜歡看戰爭片，戰爭片對於小孩來說應該是個難以理解的存在，畫面上總是灰撲撲，萬頭竄動，主角的臉放大了，鬢邊總有鮮血一線，下巴總是沾了泥炭，他們的鋼盔永遠重得像是墓碑，這些兵們就是馱著碑的黿。

記得有次隨父親到電影院看一部日本戰爭片，片名和詳細劇情不記得了，只記得鹽白色的太陽旗，纏在額頭的鹽白色毛巾，戰場上鹽白色的雪，反射出炫目之光，那光是痛的，伴隨著受傷的手臂與腿脛，緩慢地移動，艱難地和絕望本身戰鬥。一片白光裡，那隊孤軍曾經好不容易獲得一袋米飯吃，一個士兵說：「啊，是米飯！」另一個士兵：「可惜是冷的。」又一個士兵，掬起飯錯落地塞進嘴裡：「真好，有鹹味。」鏡頭集中到米飯上，上頭顯現著被弄亂了的紅色痕跡，在鹽白色襯底上，有如空心破損的太陽本身。士兵們聚攏過來，飢犬似的發出荷荷的聲音，挖取米飯，就著手掌猶恐不及地吮著。觀眾看到後來，才知道那淋灑在冷米飯上的紅色，是剛剛死去的其他士兵的血。活著的士兵知道那是同袍的血嗎？小時候看電影，認為他們不知道，只有觀眾知道，現在回想，卻覺得是他們知道的。

當然，戰爭片免不了許多掙扎生死線上的景象，潰爛，撕裂，痙攣。父親會把手橫過來遮住：「小孩子不要看。」（那還帶我來！）其實我是膽小的，壞人就是壞的，好人就是好的，好人被壞人欺負實在是太可憐了。稍微大一些，影片中遇到好人被構陷，我一定偏過頭去不看，不然就是閉上眼睛摀住耳朵，數個十秒再問：「那一段過去了沒啊？」父親感到好笑：「妳好笨，那是演戲啦！那是假的。」或者說：「那是主角啊，他不會死啦，等一下大家就知道他是被冤枉的。」還伸手來要拉開我手掌。再大一些，當我沉迷在金庸小說裡，讀《天龍八部》，開頭就是喬峰被揭發身世血統，原來非我族類，就此墜入地獄之道，我內心痛苦萬分，卻想到父親說「那是假的」「等一下大家就知道他是被冤枉的」，而勉力強忍著一頁頁有次序地讀下去。結果竟然到了第四冊還是第五冊，已經廢寢忘食讀了三天，喬峰才終於有些比較好的轉圜，我不禁想對父親說：「你騙我，什麼等一下，明明就要很久。」

然而這樣的嗔怪，也始終沒有真的對父親說出。久違的父親，我記得許多他的好，細碎的，像我在昏睡中途偶然醒來捕捉到的吉光。它們被埋入時間的厚土，不是電影中的復活墳場，我記得它們是砂金，不是惡泉。

指南山下雲夢

上大學第一天，母親陪我到政大。一起搭了剛剛開通不久的木柵線，高處俯瞰宛轉山路間錯落的鐵皮頂、招牌與墳墓。

關於木柵，我最初的印象是動物園。讀小學時曾經得到木柵動物園徵文比賽第三名，我寫最喜歡的動物是老虎。原因是牠斑紋如流動的柵欄，腳掌巨大柔軟，走動時像是草原深處的夢，習性和獅子相比，更為禮讓女性一些，願意讓雌虎先吃獵獲物等等（這算是某種女性意識嗎）。多年後讀到波赫士寫〈夢中的老虎〉，他說他熱切崇拜象背護籠裡亞洲條斑虎，珍愛百科全書上的老虎插圖，「儘管不能準確無誤地回憶起某位女士的額頭或笑顏，但卻至今仍然記得那些圖像」，有一日，他忽然想到，夢既然是純粹的意念產物，何不自己創造老虎呢？可是，他並未實現夢想，幻想紡織的老虎「不是剖製的標本就是醜陋不堪：有時形體難看，有時個頭太小，有時轉瞬即逝，有時像狗，有時像鳥」。

總之，當我大包小包地到了政大門口，左右望去都是狹窄街道，母親不禁說：「這國立大學的門口也太寒酸了吧。」我立即祭出阿Q精神勝利法：「媽妳沒讀過〈陋室銘〉嗎，山不在高，有仙則靈，校門不在大，有……？呃，算了。」她不知道的是，過了兩年學校裡大抵因為風水的緣故還是什麼，在校門一進來處砌了個磁磚噴水池，非常小，好像人家家裡的老浴缸，裡頭游著烏龜，中央是比小學操場灑水器還幼秀的噴泉。每次看到「廟小妖風大，池淺王八多」這副對聯，噗哧中就會想起政大（畢業後，學校終於擴充了噴水池，沒烏龜了，稱頭一些，可是和校園原本的空間感仍然不搭）。

中文系的課程，並不怎樣讓人感到趣味。我是喜歡現代文學和寫作才去讀中文系，自然對於中文系傳統教養那一套難以生發興致。文字聲韻訓詁，都是令人恍惚的課程，考試時在試卷上手腕抽筋地畫出「龍」「虎」的象形，或是辛苦填完韻圖後一字錯全盤錯，一點成就感也無，授課教師也從未使我感覺這些知識與當代文化生活的聯繫。換句話說，讀起來是死的，不是活的。這種不愉快的經驗，使我開始擔任知識傳授工作時，總特別注意如何使學生理解，今日之我是無數昨日積累的，當下與過去是延續而非對立，古典既是濃縮的時空，也是社會結構中活生生的產物，而因為文化的連綿性，在後來者的血液中再活一次。

政大時光，真正影響我寫作的，其實是環境，以及若干特出人物。那是一處由小山水環抱起來的場域，即使那小山水早已因為人為開發而破碎，還是有雲霧，水聲，比平地略強的星光，更冷的空氣，更厚的苔蘚，山頂盤旋大冠鷲，溪畔徘徊著白鶺鴒，相思樹叢中穿梭綠繡眼，幸運時可看見羞怯的五色鳥，而我喜歡最普通的鳥——夜鷺孤獨佇立在淺灘處，腦後裝飾羽細緻地顫動。

文學院在山上百年樓，走廊面對後山，雨季來了，我又蹺課了，沒跑到其他地方去，就是在走廊上看雨，水晶簾下，一條冷露般的魂魄，湧動無數感覺，如暗雲，雲裡透露著弱閃電，左衝右突地想找到最精確文字來捕捉最模糊的情意。整座山城冷泡著青春躍然的身體與神經。有時候遠遠看見尉天驄老師來了，就去和他談天，他是那樣好玩又熱切，愛談書和人，人和時代的故事。大一上閔宗述老先生的《左傳》，鄉音很重，可是連說帶演，大二上陳芳明老師和楊照的講座課，李豐楙教授以紅頭師公身分大講《楚辭》內的巫術世界（那時候師母因為大園空難去世，剛好上到〈招魂〉），大三繼續上陳老師「臺灣文學史」，尤其使我感受教學者真誠信愛自己所教的東西，是會怎樣地感染學生，甚至影響人立下寫作與學術的純志。內容多半忘了（真糟），可是老師們風神笑貌，許多年來，栩栩如真。

到臺大讀書後，媽媽也來過。一看到校門，果不其然，「臺大校門就這樣喔？」這是日治時期留下來的老校門耶，不覺得很可愛又古樸嗎？「沒氣派！」媽媽很堅持。可能在她看來，女兒離開家鄉迢遠去讀的學校，至少也應該金光閃亮，望之儼然——一如大觀園的巍峨牌坊，寶玉擬了「天仙寶鏡」的匾額——進了園林，裡頭良辰美景，到頭一夢。當年我站在政大，或臺大校門口，遠望裡頭鱗次開展知識的園林，良辰與美景，是否一夢，猶未可知。

書城。日夜旋轉的唱盤

大學四年，我的蹺課時光，多半在圖書館或者政大書城度過。

那時候的政大書城很小，和男女理髮部一起分享側門進來一幢小建築的一樓，書架很擁擠，按出版社排列，因此，什麼出版社是什麼顏色書背與字體，一目瞭然。書櫃旁印有打折表，喜歡文學的人，洪範、爾雅、九歌、麥田、時報、遠流，桂冠，都是七五折，精打細算，花兩本書原價可以買到三本書。藍白書背的志文出版社，是八折。橘書背的聯合文學出版社，和開始規畫好看藍紫書背OPEN系列的商務出版社，記得都只有八五折，不得不買的時候，內心就有點小氣憤。

擁擠有擁擠的樂趣。在那裡看半小時的書，不知道要說幾次「不好意思，借過」，走道窄得兩個人擦身都得靈巧地側過身，像水巷裡的魚。別人在看什麼書，眼神一瞄即可略知一二，自己在翻讀駱以軍，瞥見相距五公分處另一個陌生人在捧讀邱妙津，忍不住彼此互看一眼——當然，沒有什麼微笑或者問候姓名之類偶像劇情發生，只是就會記住那張臉，當成書店常設風景。

我還記得一進門會看到一落打折書，里仁出版社東西哲學一類，封面很簡陋，印刷也不是太佳，上頭大剌剌圓形紅色「五折」貼紙，非常像盜版書。源於一種愛智欣羨，看不懂也還是拿起來翻翻。最常翻的，是深灰色四冊一套，黑格爾《美學》，始終沒有下定決心買。大概我翻的次數實在太多，某年生日，室友就送了這套。這下可好，書就在自己架上，鐵了心，那就連翻也少翻了，實在對不起那書，以及送書人。

進門後左手邊第一個不靠牆立櫃，放了元尊出版社的書，楊澤《人生不值得活的》、詹澈《西瓜寮詩輯》、周芬伶《憤怒的白鴿》、駱以軍《妻夢狗》等等；當時，看見室友買了《人生不值得活的》，也拿來翻翻，讀到〈讓我做你的

DJ〉，失笑，不以為然，因為我當時是洛夫的信徒，讀詩尚奇險而不知道進退游動的音樂性如何美妙，更讀不懂裡頭中年蒼涼況味，「日夜旋轉／如一張憂鬱打造的大唱盤」，可是，「望中卻只有昨日的下坡路」，多少年後才繞回來，這已經變成我最喜歡的詩集之一。那時候，同樣錯過的還有木心。看見裝幀那樣樸素，硃砂紅，奶茶褐，濃藍，厚厚一本一本地出版《會吾中》、《巴瓏》、《我紛紛的情慾》，抽出一本翻開來看見四個字四個字一句的怪詩，也不以為然，想說這種形式不是早該拋棄了嗎，再翻另一本，不是四字句了，但是意象還是太疏，技巧似乎很平常，又放下了。當時怎麼能知道，十年後我繞回來，被木心散文和若干詩作那般打動，他的文學意見也同樣耐人尋味，「『箭無虛發』是高明的，魯賓斯坦的鋼琴演奏『一半音符掉在地上』也許更高明」。

後來，政大書城在師大路雲和街口開了分店，又在羅斯福路開了臺大分店（「政大」書城「師大」「臺大」店，好像有點白目）。租房子的時候，站在公寓門口，往巷口一看，政大書城綠招牌好顯眼，立即打動了我。住雲和街的頭幾年，我和書城之間，竟比讀政大時女生宿舍到書城的距離更近。它變成我十八歲出門遠行以後，異地讀書生活裡恆常的崗哨。就連這篇文章，也是在師大店改換的STARBUCKS寫的，我的座位處，以前陳列的是食譜書。

其實，政大書城陳列方式功能性很強，不以作者為主體，熟悉作者與出版社連結狀態的顧客如我，使用起來最是方便，且燈光清白，明亮，全然不強調情調氣氛，不提供虛幻的消費情緒。後來，又出現了高雄店，花蓮店，臺南店，全部都原汁原味，保存了那規矩而開放的空間感。或許，就單單因為它是我移居臺北遇見的第一家書店，和大學圖書館一起，拼湊出我累積文學閱讀、學習寫作的黃金時間。我從圖書館搬運已經積累成文學史知識的粉塵與巨木，從書店熟悉文學場的新動態。像所有開始有意識要把寫作當成一門專業來發展的文學青年，在閱讀狂熱，日夜旋轉的大唱盤裡，我知道我與眾不同，敏感，愛美，之外還有創造的衝動。讀到鄭愁予抱歉似的說「恕我巧奪天工了」，大為心折，以為那就是未來生命全部傲氣的目標。

最後一扇門

房子就像衣服，誰住久了就有那個人的氣味。自己不覺得，別人一來卻是立刻就能感覺到——「不屬於我的地方」。我最強烈領會到這一點的，卻是在自己家裡。

媽媽，當我回到高雄家中，那長期以來只有妳獨居的處所內，氣味告訴我那是別人的空間，而我是個闖入者，自己都感到格格不入。然而我卻又任性起來，外套襪子脫下隨手一扔，開冰箱找吃的，行李留在門口等妳一路嘮嘮叨叨地拎進來，「妳是裝了多少東西怎麼那麼重？」妳拉開行李拉鍊，伸手要去翻檢，我一股脾氣上來了：「妳不要亂翻別人東西好不好，這樣真的很沒禮貌耶。」

其實裡頭就是衣服書本罷了，沒有秘密的。我知道這是中學時代，妳老愛趁我不在，偷偷翻遍我抽屜書包，想尋找任何我背地裡談戀愛的證據，無數次我發現了以後大哭大鬧的後遺症。成年後離家再回來，遇著了類似情況，特別地要擺出不容侵犯的大人派頭。

過完了幾乎沒有秘密的少女時期，最大的願望就是遠離家。不必費勁把人家寫來的情書摺在衣服裡塞入衣櫃深處，不必接到男孩子電話時，故意粗聲粗氣好像是跟姊妹淘打鬧，要幾點回家就幾點回家，可以穿任何斜肩低胸緊身的衣服，不必交代一切，不必等候審判。我至今仍記得妳跟蹤我上學，發現果然有男孩子騎機車來載我，突然現身且冷然地看著我們；片刻間我心中充滿恨意，不是秘密的愛情被發現，而是使自己陷入最不堪、維谷的狀態的，永遠是母親。獨自在臺北過了這麼多年，我不能否認自己的快樂。這快樂和當初知道要上臺北唸書時所預想的，沒什麼差距。而且我不打算終止這樣的快樂，雖然，媽媽，我知道妳聽到我說不可能回高雄工作時，臉上閃過的波紋是失望。

家中還留了不少我的書，兩次搬家下來，幾百本書的順序都不是按照我的秩序，找一本《蓮的聯想》居然費去半個小時，訂過的文學雜誌成綑堆在老裁縫車旁；櫥櫃上的紙天鵝，假珠串的五隻小熊，花博會紀念品，奇怪花紋的大石頭，我的獎盃獎牌，什麼協會什麼協會的證書或感謝狀，這都不是我居家會放出來的東西。浴室瀰漫著一股氣息，我猜想那是更年期的身體留下的，衰朽，不振；瓷磚壁邊是花王潤髮乳、農會出品的薰衣草（或生薑）洗髮精，市政府某某處致贈的毛巾，用完沒丟的SK-II空瓶，偶爾還會把假牙放在洗臉台上。我時常忘記廚房開關在哪裡，忘記垃圾袋在哪一個櫃子，衛生紙用完了不曉得應該到哪裡拿，不記得家中室內電話只記得妳的手機號碼，不過還算知道怎麼從高雄機場或火車站回家。

這是一個老去的空間和疏離的女兒之間，默然的對視。前者無能再更進一步，後者不願意再更進一步。媽媽，不是我不願意，是我還想保有剛剛說過的那種快樂，再久一點。即使帶著一些愧疚。

媽媽，妳或許也曾在少女時代反抗過外公。外公本是典型日本式家長，威嚴，靜穆，頭髮以髮油梳得光亮，每每他在屋子內，孫兒們皆屏氣壓聲，有時我們吵鬧了些，他會突然一聲斷喝，在小小日式平房內聽來真有如獅子吼。如今他已十足是一個老人了，馴良地坐在不開燈的客廳裡，畏光的眼睛垂下來，聽碧紗窗外風吹過楊桃樹，樹下的水池已然乾涸多年，堆積著落葉，連苔蘚都不生。媽媽，妳曾有青春美麗的時候，穿著黑沙水玉繫腰洋裝，攬著我坐在還汪著光養著魚的池畔，連我都已經忘卻了的時光。妳反抗過嗎，反抗過什麼？偶爾我也疑惑妳和學歷不相當的父親的結合，是和外公彆扭的結果。或者也曾經有愛情，可是漸漸地被什麼磨掉了。我一點都不知道妳以前的事情。在家族敘事風行的今日，我沒有家族故事可說，我擁有的是一個疏離的家庭，那空氣之壓抑和我的性格背道而馳，我曾經不想瞭解，現在則是無由瞭解。

有個朋友把自身和家庭的關係放到最低，除了日常寒暄，一同生活，父母甚至不知道自己的小孩出過書，不知道孩子已經談過戀愛，在愛恨中掙扎過幾次。「避免麻煩。」他說。另外一個朋友則是每次要回南部老家，火車沿途，就已經不由自主模擬起這次年假又會和母親因為什麼事情吵起來：「永遠都是一樣的事情……」家是不快樂的代名詞，回家意味著煩躁、無聊、重複，意味著另一個曾經活過可是總是不知道該怎麼重新回去的世界；可是媽媽，妳知道這並不是僅僅如此。當我回到家裡，同時感覺到雙重身分，故鄉人與異鄉客，放任而心懷憤懣的少女與意識到自己已經長大，忍不住就要執行反抗權利的成年孩子，慵懶地享受回家的隨適，又時時要以審視的眼光看著，和那些童年傷害保持距離，保持警醒。每一次對話，都像是和已經消逝在時間中的自己對話，然而過往的自己分明就溶化在現在的自己之中，和現實撞上了又再分散成無數自己的影子。

我懷疑親子問題是寫作者的常態，許多負氣和傷痕，拖曳與擦撞，都像是日後所有創作的最終隱喻，銀河長廊盡頭最後一扇門，啊恐懼的房間。常有人問我怎麼那麼喜歡張愛玲，理由很簡單，只因為她擅長寫家庭的恐怖，而且那恐怖中還有溫情與依戀，就像〈第一爐香〉裡聶傳慶伏在裝滿朽爛書報的藤箱上曬著老太陽那樣，像她能同時談起父親對她的幽禁和為她擬《摩登紅樓夢》回目。我也懷疑親情是否是純粹之物，是為了幫助孩子實踐自我，還是為了通過孩子張揚父母的自我？逢年過節回家，每個親戚都知道我得了什麼獎或登了什麼文章，親戚們說：「我孩子的作文成績不太好，妳來指導指導吧。」「出書了喔，怎麼沒有送簽名本給我們？」用開玩笑的口氣。可是聽起來並不是很讓人愉快。我也一逕配合地打著哈哈，心裡卻起了許多疙瘩。「不管我在臺北做了什麼，不需要讓所有親戚知道吧，他們哪裡真的有興趣知道我在幹什麼？」這是我到現在都還時常要抗爭的一點，不過顯然成效不大。在這個年代寫作，地位是矛盾的，出書似乎不易，「搖筆桿」又不是多麼被看得起，不然就是對作家的想像是相當一致的——再遠一點的親戚會說：「作家哦？以後跟吳淡如一樣哦？」

我佩服那些可以把自己在父母面前隱藏得很好的朋友，要切割自我的世界多麼不容易。媽媽，我曾經以為讓妳知道我的部落格，讓妳知道可以在報刊上看見我的文章，可以縮減某些距離，到頭來卻也為自己增添了壓力。當編輯打來電話，「寫給媽媽的信？這樣很難寫，我媽會看人間副刊耶。」室友在旁開玩笑說：「不錯了啦，妳媽還看副刊，我媽只會看臺灣龍捲風。」可是終於還是寫出了這些隱藏許久的話。

輯二

凹陷處

賣火柴小女孩的火柴

1.

童話故事多半很可怕。世界危機四伏，後母，野狼，虎姑婆，不是變成泡沫，就是凍死在雪中。東西不能亂吃，可能是黑心蘋果，東西不能亂碰，紡車也會把人刺昏。

最讓人傷心的，大概是賣火柴的小女孩吧。剩下的火柴，每劃一根，就映現出一幅願望的圖畫，火柴燒完了，圖畫也如煙消逝。簡直是吸毒，即使知道映現出來的是幻象，可是現實那麼冷，幻象溫度高一些，木然的心也像是有哪個部分燒糊了，融解了，竄出一點點甜香。兌換幻象的代幣用完了，一夜大雪，小女孩死了。原來那柴薪就是自己，一次加足馬力，全部燃燒。這故事現在想來，不就是《紅樓夢》說的：「落了片白茫茫大地真乾淨。」

當然，也有人直接否認那溫暖。是張愛玲，她在〈茉莉香片〉寫一個在家裡在學校都沒人喜歡的大男孩，家裡老傭人的關愛讓他更討厭了，因為：「寒天裡，人凍得木木的，倒也罷了。一點點的微溫，更使他覺得冷的徹骨酸心。」可是，童話故事裡也不曾給小女孩最後的救贖（例如被一個好心仙女、長腿叔叔還是慈祥老爺爺救走）。

2.

抽出一落一百年沒看的資料，小錢幣嘩啦落了一地。撿起來，紫荊花，小波浪，全是港幣，五元二元一元五十分十分。我知道的，在這房子任何角落，床底，地氈下，抽屜末，餅乾盒，舊襯衫口袋，背包暗袋，你總是會忽然掏到港幣。這是每一次往赴心愛之地的旅途剩餘，賣火柴小女孩上個冬天的燼餘。

追悼一場失敗的戀愛，追悼時間比戀愛時間長了二十倍。有時候也讓人懷疑這愛的疼痛與清貞，其實是結束之後才開始的。小女孩把火柴賣給自己，因為需要幻象。幻象提供的也不再是溫暖可能只是想證明曾經見過這至美的幻象，一次次重複（或者是編造？）細節，又更可能是，害怕忘記，所以需要提醒，像儀式。痛惜的不是愛的得而必失，而是睜睜地看著時間施展它的權威，對一切年華不忍。

十年過去了。你常背叛人，偶爾也被背叛。你在以為全情投入時，總是忽然有那麼一方寸的冷涼清醒，害怕再怎麼愛也終將重蹈背叛的覆轍。你幾次下定決心要做個好人。你想著，從此不再為那人寫詩了。你又想著，如果可以和現在的戀人到那裡去，走過十年前的街道，用現在的甜蜜覆蓋過去的痕跡，就證明了早已不再沉溺。你再一次去了西貢，看海鮮餐廳伙計拖出一條大魚，在海水聲響與金色晚燈中分割著，血腥微微滲出，忽然就覺得那魚無法閉上的水晶大眼就像是自己，所有圍觀的人都是刀俎。發現當年他領你去過的，小小一家的滿記甜品，忽然在上海開得到處都是，華美時髦，那麼多歡快男女坐在裡頭分吃一客芒果斑戟芝麻豆腐花，麥當勞一樣春風吹又生。

3.

冬天又來了。臺北冬天老是下雨，像爛尾的愛情故事，不乾脆不痛快，撐傘走在雨裡，袖子濕了一點，鞋尖濕了一點，早晚都蒙著一層灰翳，特別沒有時間感。層層疊疊穿衣服，彷彿一隻易碎所以捆綁得極仔細的瓶子。

這樣的天氣，不知道為什麼還有蚊子。睡前點了蚊香，黑暗裡看一星火光鼓足了勁，麻痺般的氣味散開來。我點蚊香的方式極其愚笨，是開了瓦斯爐的火。從不敢劃火柴，對打火機也沒轍——手指太靠近火焰了，還沒被燙到以前，就先想像了燙的不愉快，想得切實，好像發生過了一樣。可是又因為喜歡蚊香一圈圈的模樣，不打算改用電蚊香。

人從來都不是一致的。談戀愛時喜歡赴湯蹈火的人，未必也就敢於點開火焰、赤足踩過炭堆。三島由紀夫《愛的飢渴》裡的悅子，能臉帶恍惚愉悅地把手掌置於火焰之上乃至於燒傷，現實裡頭反而是壓抑又顛躓的，她的狂愛非得經過壓制否則不能完全釋放。

賣火柴的小女孩如果不劃開最後幾根火柴，不看到那觸手而不可及的溫暖幻景，還能活得更久也說不定。

浮光冬日林墟

來到昔日遊廓之前，我們握著手在市區閒蕩許久，沿著錦州街從捷運中山國中貫走到雙連，依稀小巷與繁囂路口，惡俗的水泥橋欄，淤垢雜沓的高架橋下，工地與廢屋。好像是一次看完了整個都市的背面。有時候橋旁人行道太窄，我走在你後頭，看你頭髮新剪好，鳳梨葉似的戟張著，近衣領處露出一小截頸項，白而潤，是非常女性化的。

來到昔日遊廓之前，我曾持書低聲讀過鄭愁予〈北投谷〉給你聽。「夜是濃濃的，溫溫的，像蓬鬆的髮／銀河在這裡曳下瀑布／灑得滿山零碎的星子／北投，像生了綠苔的酒葫蘆／這小小的醉谷呀，太陽永不升起來。」

然而，太陽終究是升起來了。在溫泉旅館房間裡，鋪地白色睡榻上是我輾轉落下的長髮，冷氣太強，使我們在睡前決定整夜應當擁抱，晨間醒來，卻又是各據一側。房間附有寬敞的溫泉浴室，窗戶向著馬路，可以俯瞰行人，平視丘坡上展映的羊齒與朽草。昨晚未曾放去的水，淡綠，平靜，水溫早已冷卻，你伸手擾動水面，神情有些眷戀。這隔夜溫泉水吸收過我們的笑聲、呼吸和汗水，它應當是高熱的，現在卻安穩，空透，好像逸失了記憶的廢墟，廢墟拆除後的空地。雙足裸露踩在浴室磚地上，腳底有微粉的觸感。

窗外靠山壁，正走過兩個扛著鋁梯與工具袋的工人，膠鞋在柏油路上打著乾脆的聲響。

相對於開發後必然庸俗化的臺灣各觀光區，北投算是好的。至少從捷運站出來，雖然所有連鎖商店都具備，公寓都是綠鐵窗紅鐵皮，沿著北投公園上坡去，仍然可以很快地發見那些美麗的所在，硫磺味暈開於空氣，昔日遊樂休憩之風情，像穿林打葉的日光，一點一點浮映在我們臉上。

此處多有純溫泉客。北投固然有強調養生水療的高級旅館，也有外觀破舊的溫泉浴室。那些浴室多半門口有醒目紅白招牌和湯浴標誌，未裝飾或已剝落顏色的水泥牆上，根莖藤蔓沿壁而去，如人失修的鬍鬚。長年熟悉於此處的溫泉客，裝扮輕鬆，也許是附近居民，汗衫短褲，拖鞋，肩上搭一褪色大毛巾，手提塑膠袋，從門口水氣氤氳地走出來，滿面紅光，筋骨鬆快。他們不會有相機，不會有高跟鞋，大概也不開車。

會攜帶相機的大抵是我們這樣的遊客。日光追蹤你我腳步，你緊握著我，手指小而細軟。這女性的手的觸感，於我亦是陌生。我自小和母親關係較為緊張，絕無握手之事，與姊妹亦無身體碰觸，甚至成年後亦少有可貼臉攬腰的親密同性朋友。初次體會女性的柔情，居然是從你這裡。

是自我放逐於溫泉鄉的文人罷，在此閒行，買醉，乜斜著眼看往來的歡客，遭逢可憐或可恨的女人，或意圖忘記遠方無情的戀情——但是，這類場景中的主角是男性。我們都是女人，不入這樣的圖畫。長圍巾順風橫飛，拍打在你身上，一舐一舐地，彷彿是要把你纏繞起來；相依偎著走在溫泉路上，假裝現實的限制從不存在，假裝就是無憂慮的伴侶。

冬日回暖，陽光比雪還亮，白而洶湧，這是暫時的歡聚啊，在沒有未來與過去的當下一刻，抵住了時間的岸，一蹬，就循著洶湧的陽光漂浮而去，憂懼之中的放恣才更放恣。

我們居住的溫泉旅館，是北投旅館群中比較靠裡的了。牆是新刷，枯山水聊備一格。晚上入住不曾留意，白天才看見，旅館旁邊雜樹林內，即是一幢頗有規模，但缺乏維護而頹廢的日式建築。那就是之前曾經沸揚過一陣子的臺銀舊宿舍，八十餘年歷史，據說是橫跨在溪谷之上，但是植物紛披，實在無法辨認出溪流蹤影，只能聽見水聲隱隱。正面望去，門板門鎖已脫，歪斜一旁，菱形門洞如一隻眼，門內償起的木座，當年應當是有女侍應在此屈迎招呼，如今也就是大量拆腐的木板楹條之類疊塌堆積，盈曜其上的，不知道是厚塵，還是光。

屋頂上，凡稜線之處，青瓦井列，每一片都是小小的橋拱，一片一片交覆著，有一種樸素的韻律；稜線之外，瓦況較差，破裂碎開者多有，或已下陷，或搖而將墜，縫間早是山蘇與姑婆芋佔據，細風吹來，它們就是凝固的小綠噴泉被時間的手輕輕撥動。從牆外僅能看見宿舍正面，以及些微側面，青脊碧紗的舊窗，漆油剝落的框柱，須竭力才能想像早歲風華——何處有不輟的弦歌，何處有披落之髮，遺棄之簪梳，被酒焚燒的咽喉，沙啞的笑，碰下粉碎的瓷杯割傷了手指，滴落是心血。何處是悲戀的角落，遲遲不來或來了亦無用默對的戀人；何處能賞最好的月，聽見最冷的溪聲？

沿著山路往上去。不久即看到吟松閣。從前我讀李昂《迷園》，看書中寫八十年代商場男性酒聚，召女郎來陪坐狎暱，說是頗有歷史的日式溫泉老館，總以為大抵是以吟松閣為藍本。那天是週一，少有遊人，吟松閣前只有一位老人持帚掃葉，頸間搭一條略髒的毛巾，臉上架著厚重鏡片；自門口望入，小格局中仍欲顯示錯落盤桓高低的庭園佈置，小池內錦鯉們懶散地游著，玄關梁瓦已多加了些支撐的金屬物事，過往形制猶存，然添補痕跡已日漸蓋過古色。

再往上去，忽然好大的廢墟就出現在眼前。水泥包敷鋼筋的大樓支架，漿灰泥白，高有五六層罷，兀自矗立在綠鐵皮圍起來的區域內。更高處，還有另一棟同樣龐然、同樣面貌的大型廢墟。從亂草飛絮的鐵皮牆破口鑽入，才發現這僅有骨架的建築每一層是如此寬闊，怕不有千坪以上，如同突然被全部的住民拋棄了的星球。靠山壁的角落汩汩有水竄流而下，原來是上方有一開口水管，四周為小型蕨類簇擁著。這水應該也有一段時間了，浸得山壁都變了色，我伸手一摸，果然是溫的。

廢墟在北投是常見的。有的早被藤蔓植物覆蓋，細如鐵絲的紫紅色莖蔓繩索般爬過門板窗戶，綑紮起來的秘密。但眼前這樣曠闊的兩棟，就在新興溫泉旅館背後，醒目對比，不知道原來是什麼，或本來將變成什麼而中途擱置。在網上讀過報導，講歌手黃乙玲走了一趟自己童年時代走唱的北投溫泉鄉、發現面目已非。舊時歌舞場，今日野草地。她描述溫泉鄉趕場獻唱、遇到客人鬧酒召伎還得技巧性退出廂房的種種，於我這年紀無異於電影。

在水泥大墟之間，一格一格，看出去都是灰綠色連綿草葉，以及尚未亮起霓虹的旅館招牌。近處草叢一頭黑犬伏著，施施然望過來，也沒有什麼要吠趕我們的意思，很無聊地，一會兒就偏過頭去了。你在我身前，身後，意圖捕捉我穿著棉白鑲毛大外套，黑髮鬈開，雪團似的走動在廢墟內的身影。我知道你時時刻刻都在進行備份工作，把我們共同度過的時光，路線，地景，物件，率皆封鎖定格。這是懷念的資本，面對廢墟仍能返回昔日的路線圖。你不想如歌手那樣，重臨舊地，對景唏噓；你將給我單獨的房間，轉開門鎖，就知道後面有什麼，被保存在哪裡。

離開北投，才發現，集滿廢墟與我的那個膠捲，不知道何時從你的口袋遺失了。只剩下幾張不那麼滿意的，有些晃動，剪貼著臺銀舊舍一角。鱗然的青瓦上，山蘇穿縫而出，背光或迎光，像我們短暫歡聚裡，煥發又黯然的心。

我們的獨角馬

妳曾對我說起朋友之間流行的心理測驗：假設走到森林內，將會依序遇見三種動物，並且要對牠們分別想出形容詞。我第一個答出的，就是獨角馬，濃樹陰影覆蓋下，憩臥於花畔金泉，那犄角孤單地穿刺於大氣，像是精神之具體心的岩石。美麗，稀有，而且純潔。謎底揭曉，原來它意味著對伴侶的想像，需求。「存在於神話中的事物，」妳說：「所以妳追尋的，是一種不存在或難以實現的伴侶，遇見的卻全是現實中的人物，因此妳總會失望，總要更換。」

這不是一個令人愉快的話題。在愛情裡我們擁有許多質疑，質疑幾乎成為戀愛的全部。發問，回答，對於答案不滿，追問，再釐清，自我辯護，羞恥，憤怒，懷疑情感的純度與持久度，疑心過去戀情的結局將會重演，動用種種文學典故與社會學說法，鐵蒺藜與鐵蒺藜，硫酸汫濺在花朵，豎起甲刺去擁抱，更多的傷害，更多的瞭解。那痛楚證明了愛。永遠在挽回，永遠在解釋，踟躕，回望，在那繁複而又重複的過程中為激情所驅使，一面擦拭著淚水，一面開解衣扣，肌膚比心更柔軟罷，我們撫摸著彼此光潤的肩膀，看見自己胸乳膨脹起來，端點陷入對方，探詢，揑擦，令人麻醉的電流，色澤轉深，柔軟的硃砂，辨認過去留下的咬痕與抓傷，辨認肚臍與背脊末端細絨分佈，小腹與大腿上的痣，撥開蹭亂的頭髮，露出耳輪好像那漩渦也是私處，亂流中總要靠近那裡去呼喚心愛的名字，說出愛，去保證，去強調，向戀人的靈魂宇宙廣播。我們總以為那個宇宙是如此空廓，唯一應該填滿的是自己的迴聲。而手指沿丘壑河床滑下，壓抑，渴慕，如大旱之人撫摸一朵積雨雲，手指被壓迫，被吸引，不知道在縐摺與凹曲之中碰見的，是魔鬼的羽翼或蝴蝶的顫抖，甚至以為可以一直上溯，到達遠不可測的心的本身。

然而，當我們緊握著手，走在妳家鄉的道路上，妳告訴我，童年時代住在那裡，颱風天時總會積水，於是就得不斷把所有東西墊高，拿畚箕把水舀出屋外，終於舀乾了屋內的水，颱風也結束了（多麼像張生煮海！），母親覺得厭煩，孩童卻總是高興的，那樣的勞動更像是遊戲，非常態下才能享受到。我們穿越狹窄巷弄，妳說這裡是鋼琴老師住的地方，那裡是外婆的舊厝。我們又談起這幾日來最熱中的話題，那個永不可能出世的幻想的孩子。「我們的女兒，妳想，」妳說：「如果她十五歲和男人或女人發生了關係，妳可以接受嗎，媽媽？」「當然這樣的事情我在她很小的時候就會跟她談——妳知道，兒童並非沒有性欲——好罷，十五歲也許是可以接受的。」「那麼十四歲呢？」「這——太早了一些罷？可是，十四歲和十五歲，也不過就是一年的差距。為什麼十五歲可以，十四歲不行？」「這就是界限的問題了。界限在哪裡，怎麼樣訂下界限。」「養一個女兒比養一個兒子更令人擔憂，如果她很美，我們就得提心弔膽地看著她長大。」

然後，忽然妳就笑了：「這個孩子才是獨角馬。她才是那個美麗的神話。」我們又開玩笑說，女兒的眉心將有隱形的犄角，只有父母能夠看見，當她還是個嬰兒，每天晚上我們會直接抓住那只犄角，把女兒提到床上去睡。好一對懶惰的、圖省事的父母！

後來又想，有一天我們真有了小孩，她將如何呼喚我們呢？她的父母是同性別的，是同時雌雄同體的，是能夠同時當母親與父親的——假如二者真的有差別。又或者，這差別也是被社會地建構出來的，那麼也沒有同時做母親或父親的差異了。就好像我們是彼此的妻子，也是彼此的丈夫。雖則在很多時候，為了敘述方便，不得不援用既定的異性戀社會的習慣用語。

但是，除了稱謂，以及反叛稱謂背後的固定意涵，我還想到了其他。童年以來，由於管教過分嚴厲，我和母親十分疏離，尤其在身體上。我不能想像主動去碰觸母親的身體。街上看見母女手挽著手，簡直像夢——她們怎麼能靠得那樣近？和母親身體捱擦、磨蹭、緊貼，光是想像我都感覺戰慄了。從前讀張愛玲描寫父女禁忌亂倫的小說〈心經〉結尾，小寒和母親大雨中同搭一輛黃包車：「雨的氣味，打潮了的灰土的氣味，油布的氣味，油布上的泥垢的氣味，水滴滴的頭髮的氣味，她的腿緊緊壓在她母親的腿上——自己的骨肉！」又讀

《小團圓》，九莉說一生中除了之雍，只有母親真正傷害過她，看九莉和母親相處得這樣彆扭，甚麼小動作小眼神都放大了來看，甚至以為母親連她的身體都有意見。母親偶爾護著她，就記得一輩子。心有戚戚。

因此，妳和母親的關係那樣和善，甚至道別的時候，還會親吻母親臉頰，於我是同樣不可思議。詫異之餘，倒也有些欣羨。對於某一世代，或某一些母親而言，擁抱自己的兒女是很困難的事情罷。長期的權威管教之下，成年以後，甚至是經濟獨立以後，能夠和父母保持距離，對我這樣的孩子來說反而舒適。這距離，是生活的，是精神的，也包括身體。《小團圓》寫成年後九莉洗澡，母親也毫無顧忌地進澡間，一面照鏡子一面瞥看女兒裸體；我無法想像如果是我遇見相同狀況。那難以言喻的羞恥感像冷水花一樣直濺到我面上來。

妳說，「以後我們要時常擁抱我們的女兒。我們要時常親她，到她長大了也一樣」，當然，這我是非常同意的。我很無聊地想起魯迅談〈我們怎樣做父親〉：「自己背著因襲的重擔，肩住了黑暗的閘門，放他們到寬闊光明的地方去；此後幸福的度日，合理的做人。」我們也是一樣，力求和上一代不同，好像創造了下一代就可以彌補此前所有世代的傷痕。妳又小聲補充：「那，我可以親女兒的嘴唇嗎？」「可以是可以，但是也該有個年紀的限制吧？難道她二十歲了妳也還要親住她不放？」妳噘起薄薄的嘴唇，把兩道好看的眉毛絞在一起，搖晃著比我高十公分的身體，表示不甘願：「這樣子啊……哼。」

格雷安．葛林（Graham Greene）的小說《布萊登棒棒糖》裡，才十七歲可是已經接管一個日薄西山的幫派、愛耍狠的品基，為了替兇案封口，接近目擊證人餐廳女侍蘿絲，最後竟娶了她。葛林以冷淡，生疏，後設的口吻，描寫整樁戀愛，那是兩個尚不知道愛為何物的，底層度日的少年少女，辦家家酒似的就締結了婚姻。品基對於愛情毫無感覺，他視愛情為一隻索求不懈的怪獸，無論是約會或上床，他一律是通過模仿和猜測得來，一旦獲得對方回應，他心中即升起輕蔑。但是蘿絲，她癟瘦身體內有一種對感情真相的直覺與滋長的母性，她知道品基的涼薄，可是兩人結合的事實促發了某種想像——他們做過的事情將可能使她懷孕，生產下一代，下一代又將再生產下一代，綿延下去——原來他們做的就是稱之為「永遠」的事情！

蘿絲的想法在瞬間居然打動我。

本來，我對於下一代之類的事情毫無期待。動物園裡看見年輕父母抱著推著極小的孩子，身上披披掛掛，全是出遊行當，他們腳步遲緩，神色疲憊，而孩子理所當然早就睡著了，像一隻沉重的背包磊在背上。如果孩子生得醜，如果孩子不聰明，如果有缺陷，如果他長大了以後殺人放火。芥川龍之介〈河童〉裡，河童父親隔著肚皮問尚未出世的孩子是否願意被生出來，答案是否定的，於是這個孩子就被取消了。理由是他覺得父親太蠢。雙方面都有風險。

妳曾向我索取童年照片，我給了妳兩張。一張在我壽山腳下鐵道宿舍外公家院子裡拍的，鼓著臉，像鬧脾氣；另一張，是我擔任婚禮花童，站在新竹父親老家門口一身灩紅，斂目，肅然望向鏡頭，妳說是有英氣。我永遠記得妳端詳照片時忽然挑動起來的神情：「好想和妳生一個我們的孩子！」疊身向我，妳因為激切反而低啞起來的聲音。落後妳提到這事情，不可思議：「真奇怪，怎麼會看到對方小時候的照片，就會想繁衍後代呢？」

那個心理測驗，森林盡頭，妳的答案是：遇見一個人，一個一起走回家的人。我想像的盡頭是幽暗核心，妳想像的，卻是出口。於是我進入神話，妳回到現實。事實上是，我們的愛情裡充滿激辯與痛苦，許多期待不斷落空，許多承諾被棄置道途。然而我安慰自己，會變好的。張愛玲〈花凋〉裡女主角川嫦久病臥榻中，聽見磁青窗戶外衖堂間孩子跳格子喧笑著，「像磁盆裡種的蘭花的種子，深深在泥底下」，覺得「心裡靜靜的充滿了希望」。有時候我們大吵大哭，平靜下來了，妳騎單車載著我去甚麼地方，把臉貼在妳寬而微拱的背後，好像和自己的血脈也起了呼應，忽然，又「心裡靜靜的充滿了希望」。

川嫦死於兩個禮拜後。獨角馬仍在往黑暗處走。

動物園二帖

1.

動物園原本是帝國主義獵奇蒐集的展示場。甚至人類也在展示清單上——例如非洲人，被放在進化序列中，作為猩猩與人類的過渡。今日這個空間意義更為複雜，涉及保育、教育、都市休閒經濟與政治餽贈。而在一般認識中，這裡已然成為童年或週末的代名詞之一。這很令人困惑。

我從不以為動物園是兒童的世界。真夏週末，人聲與蟬聲競逐。只消到園裡晃一圈，就可以發現睡著的嬰兒比醒著的多，吃冰淇淋發呆的孩子比熱心詢問老虎習性的多。醒著的通常是父母，熱心說話講解的也是父母，當然，疲憊不堪，背著孩子青蛙背包小丸子水壺的，也是父母。花圃旁，每隔幾處座椅，就能看見大人正在處理叭搭掉在孩童衣服上的巧克力醬。

有些東西只有到動物園才會吃，例如裹著麵衣番茄糊的熱狗，非低卡可樂，含糖果汁，疲軟爆米花。有些動物在這裡才令人感到可愛，例如毛峰歪七扭八下巴關節靈活彷彿隨時要脫臼的駱駝。有些動物總令人感到悲哀，例如沒有獵物，且孤家寡人的鬣狗，或永遠原地踩著自己之前留下的足跡繞圈子的棕熊，山貓。有些動物依然深不可測，例如體型飽滿，流金黑斑的黃角鴞，晃著裙襬然而眼神若有所思的魟魚，看不到臉，且昨日與今日仍在同一樹杈上的樹懶。

動物園內，有種恐龍圖樣立牌，用來標示凶猛動物。在臺灣黑熊區，一個孩子指著這面牌子，激動大喊：「這裡是恐龍！」父親：「這裡是黑熊。」孩子商量一般地糾正：「不是嘛這是恐龍。」父親：「就跟你說是黑熊。」被質疑的孩子忿怒了，臉漲紅起來：「是恐龍！是恐龍！」被挑戰的父親也忿怒了，聲音粗了起來：「恐龍早就死光了，就跟你說是黑熊！」最後孩子大聲號泣起來，其他遊客側目，父親趕緊把他抱走了。

而在河馬區一帶，安置有自地面浮出的巧克力色河馬塑像，某一尊張開了大顎，於是乎時常見到孩子把頭橫放直放其中，父母拚命拍照。那些塑像我很不滿，因為顏色錯了。當河馬緩緩自水池浮現，簡直是滷汁中安頓著的蹄膀。看著動物，想到食物，實在是不敬，但沒辦法，多年以來我一直沒發展出道德正確的想像。河馬們偶然浮現額頭，與體型不相稱之小耳朵撳動著，偶然伸出相隔甚遠的兩個鼻孔噗氣，浮現長長一脊，瞬間又消逝於水花。池水混濁，樹木密影投於其上，牠們泡澡消暑，絲毫不受遊客噪音干擾，悠然如神祇。也會張開嘴巴呵欠，那時候可以看見濕泥般的舌頭，畏懼的牙齒，寬闊的內部線條。

有次池水放光了，餵食時間，坡地上堆著大量乾草，深藍色長統膠鞋的園方工作人員打開小柵欄，然後沒命地跑掉——也許是我想太多。那跑掉的姿態實在是太迅速了，畢竟，河馬據說脾氣暴躁，整群朝食物踱步過來的陣勢，是很具壓迫感啊。

是的我最愛看的其實是河馬。這真是一項羞於啟齒的嗜好，我曾在介紹非洲動物網頁上看見描述，說牠們「身肥樣醜」，口吻幾近於小報記者評論小甜甜布蘭妮。河馬區在嗅覺上不很友善，可是，只要讓我盯著池中姿態各異的鈍獸，神秘巨大彷彿牠們是海上鯨魚，我可以著迷看個二十分鐘以上。這些獸類皮膚鏽紅，厚重，在光與水的濡洗下，散發出一種遠古光澤。頸部與足踝的摺痕看起來也很有分量。

2.

動物園有沒有可能是哀愁的地點呢？

攝影師森山大道《犬的記憶》有篇文章，形容動物園是個「存在於日常與非日常之間的破口、類似空中氣渦的地方」。然後，說了一個走出動物園以後，逐漸分道揚鑣的戀愛故事。故事發生在晚冬下午，動物閃藏，人跡稀少，說起來，就是一個最沒有動物園氣氛的時刻。

我讀了以後卻竟然感到親切。多年前，我曾與某一人相約去動物園。那時候企鵝剛來不久，我們決定也要趕個時髦。

見面未幾，大雨開始傾盆，園內人逐漸散光，幾乎沒有人再進來了。平常動物園洋溢的嘉年華氣氛降到零。傘下方寸，在滔滔流水中艱難走動，卻沒有要回去的意思。當然，動物們也都隱形了，忽然變成植物園，只有草葉，假山，石堆，水泥動物塑像，欄杆。販賣部小姐瞪著我們看，絨毛玩偶在櫥櫃裡靜默，沒人買的爆米花看上去是一堆陳舊靜止的泡沫。雨水繼續膨脹。交談與笑聲，一發出來，被雨聲吞噬了一般，剩下的部分好像只是天氣的回音，可是彼此瞭然於胸，絲毫不感到阻礙，彷彿是藉著雨聲隱密的變化來溝通。

天河撩亂，時間靜止。那是單單屬於我們的豪華方舟，無目的，無啟示，忙著從對方眼中夾躡新生的橄欖葉。世界是一隻龐然的豎琴，他和我移動著，撥奏著，玻璃的琴弦，水銀的電影，雨末日那樣地下，錯以為我們將被封印在此，永遠年輕。動物們其實是藏在密葉或洞穴中賞鑑著我們罷，啊這素樸初始的宮殿，我鮮紅的傘醒目得如同宇宙唯一的靶，這場假寐中仍然跳動的心臟。

最後，抵達動物園最深處的企鵝館。看企鵝搖搖擺擺下水，呼哨滑過人工冰巖，肚腹在冷綠水中宛如將融未融的雪毬，一道優美水流在身後盪開。牠們排隊，跳下，滑翔，上岸，上了發條的馬戲，重複再重複。重複使我們幸福。

寫到這裡，忽然想到那次雨中方舟，似乎沒有留下任何去探看過河馬的印象。也許河馬太重，容易使方舟沉沒。牠們與浪漫毫無干係，也許只適合出現在迪士尼動畫片。那個非洲動物網頁上最後一行寫道：「河馬跟馬則是風馬牛不相及。」唸出來有一種詭辯感。我也懷疑，那個暴雨的午後，我們其實是闖進了動物園自身的記憶縫隙裡，回到了某個帝國雨季。和我們所屬的那個現實時空，風馬牛不相及。

輯三

逝者 I

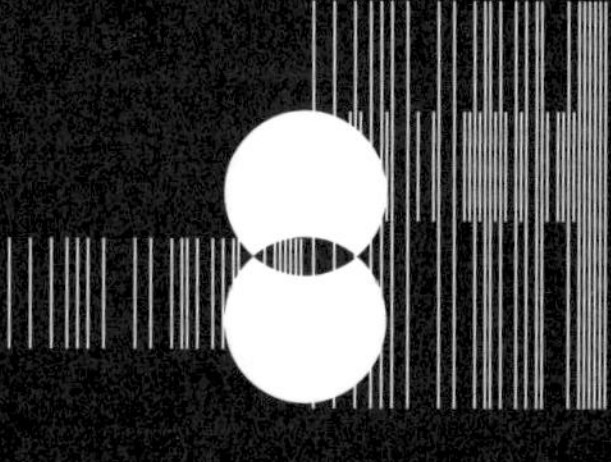

從未失去的庭園：懷李渝

1.

郭松棻在〈落九花〉裡引用過，「愛到癡心即是魔」，陳儀的詩句。寶玉渾然未察黛玉已經走遠，兀自燃燒著劈拍的句子：「睡裡夢裡也忘不了你。」

一個人可以與另一人相依到何種地步，乃至於缺了一方，即感窒息？一個人可以在這樣空落的窒息裡活多久？那空落莫非就是一種魔念？因為癡心，執著，彼此為根莖枝葉，遂無能自拔？那叫做憂鬱的病症長久進駐身體，像是另一顆心另一個主宰嗎，忠實於某種你很熟悉可是無法控制的紊亂？還是像一座圍城，在身體角落隔出平行宇宙，黑洞一樣裝載吸納全部的懷疑、不快樂？《金絲猿的故事》裡，每當黃昏，將軍胸口揪緊了卻毫無著落，莫非就是這種感覺——

庭園逐漸昏暗。

如同埋伏在夜裡等待出擊的敵人，那隻手，又從體內蠕伸出來，摸索著腸胃的內壁，順著管道匍匐前進，步步潛移，不一會兒就推進到了胸膛。行動得這麼快捷，將軍失防，一股悵然湧上來，被拖入了闇暗的陷阱。

多麼熟悉的文字。李渝走了。

消息傳來時，我正在一個大學的校內文學獎評審會上。氣氛很熱鬧，台下是許多雙晶亮、年輕的眼睛——就像十幾年前的我，喜歡文學，喜歡寫，想知道那些先行者的感受和想法，想知道自己是不是真有本領在這路上闖蕩。然而，曾指引我的人，在遙遠一處，闔上了眼睛。

黃昏病是怎樣的病呢？是不是內心懷抱著尚未痊癒的傷，就可能冷不防遭到黃昏的暗手？小說裡，將軍知道，「多少年來封壓在心的底層，並且嚴密鎮守著的悲哀，現在換做另一種形式，蠢蠢欲動了」。對於李渝來說，憂鬱就像是永遠也不會過去的黃昏嗎？

我不知道憂鬱症的滋味是什麼，但是我家族裡有四個親近的人患有憂鬱症，其中一位是我至親。它對我來說並不陌生。總是這樣，病症長期存在，時好時壞，幾年下來，終於誰都習慣了這情況，心情上稍微放鬆了一些，那真正為憂鬱折磨的人，卻可能就在這當口，彷彿是覷著那鬆弛的、疲勞的空檔，忽然，是的，就自己決定好了生死，就離開了。

樂曲停了。以為是暫時休止。一拍，兩拍，四拍，空間裡彷彿空氣倏然抽光了，魘住了似的讓人無法動彈。抬起頭來，才發現演奏者不在了。樂器輕輕靠放在原位。空氣回流了，各種聲音重新震盪起來，有如粉塵蒸騰四散，但是那人沒有回來。

2.

第一次讀李渝小說，已經太晚。約莫是二十二歲。大學剛畢業，換了個學校繼續讀。朱天心有本書叫《二十二歲之前》，我的人生好像也可以從二十二歲畫一條線，跨過了線，到臺大來，每天在出產了許多文學家的文學院裡走動。夏天好熱，蟬拋出鐵絲嗓，金屬性地周而復始，風聞起來老老的，肥肥的，豆莢和厚葉子，濕氣無處不在，松鼠們很安逸在這棵樹和那棵樹之間以輕功炫耀方式弧線移動。我是在這樣的天氣裡亂逛圖書館，瞥見《溫州街的故事》，啊學校對面那條街，這作者是誰，沒聽過，不過洪範出的，一定不差。借回去讀看看。

真好看。然後就整個沉浸到裡頭去了。接著借了《應答的鄉岸》，一樣，真好看。順藤摸瓜，郭松棻也一併都讀了。喜歡的結果，是把李渝寫到了碩士論文裡去。那時候，李渝相關研究還很少，我大著膽子，查到了紐約大學網頁上的電郵地址，胡亂寫了封信，附上論文中的相關部分，寄給了論文中的主角，那領我以不同眼光看待溫州街的那人。

兩天後收到回信。對於我的論點，沒有什麼評論，但是寫了幾句鼓勵。本來作者自己跑出來說你論的這個我同意或不同意，甚至指點方向，就是有點滑稽的事。李渝不這樣的。自此就交上了朋友。不過，通信不是很頻繁，往往半年才那麼一封。一次李渝說，寫作要堅持，我和松棻都等著讀妳的東西。我看了倒是有點害怕，覺得自己的創作還沒好到要讓他們兩位等著看的地步。

二〇〇五年，準備考博士班的春天，李渝寫信來說，之後將到浸會大學去擔任駐校作家。我說會回臺北來看看嗎，她說一定會。又收到浸會大學方面來信，請我提供我寫過的李渝評論，他們要編評論目錄。我很榮幸，其實當時就寫過那麼一兩篇。不料，就在那年，李渝仍在香港時，郭松棻再度中風，去世。當然，那年我沒見到李渝。

後來，真見到了，好像不是第一次，好像在文字裡在夢裡都已經見過許多次，說起話來沒有一點隔閡。李渝說，請我幫她寫個紙條給柯慶明老師，打個招呼，也請柯老師聯繫她。不知道是不是因此促成了二〇一〇年秋天她回到臺大文學院客座，如果是，我很高興曾幫著出過一點點力氣。

3.

人與人的情感，真是說不準的。有時候相識相處多年，反而情感轉淡，似有還無。我和李渝幾次相聚時間加起來，還不到二十四小時呢，存放在那裡，好像我童年時候讀過的風土故事，包在荷葉裡埋在土下的白糖，滋味格外鮮潔。是時間的覆蓋、空間的阻隔，使得情感變得更可珍藏嗎？寫信也沒有特別長，次數也不多。我的在意，均通過寫作和教學來證明。教書愛教她和郭松棻的小說，演講時愛舉她寫溫州街的段落當例子，她出新書，一定立刻買下來好好讀完，行有餘力，也寫評論，沒有時間和機會寫評論，就多多向旁人推薦。上學期在學校通識開《紅樓夢》，作業裡有一項是，不願參與團體作業的人，就買一本《拾花入夢錄》去好好讀，交上報告，這當然有點私心，想推廣那漂亮的書、溫柔深刻的文學意見，因為這樣，「推銷」了大概二十本出去，心裡頗高興。

二〇一一年，最後一次在臺北見到李渝，我們聊了許久，聊博士剛剛畢業面對嚴峻環境的徬徨，聊失敗慘傷的戀愛，而那時候我已經一年沒有寫詩，二十歲以來，從來沒這樣過。原本約了吃早餐，聊著聊著，午餐也一併一起吃了，又陪她到新生南路上的眼鏡行取眼鏡，想起曾在某個訪問稿裡看過，郭松棻會為她在家裡準備好幾副眼鏡，免得她找。日常的體貼，視彼如己。

李渝說：「歷史是頭猛獸，想用文學，特別是以小說形式，來駕馭或載負它，往往會犧牲了文學，辜負了歷史。」所以，回到那最起始的文學夢，如同李渝在〈水靈〉裡念茲在茲的願望：「她一定會回來的，因為我這麼喜歡她。」李渝那麼喜歡那個愛文學的、寫作的自己，那個自己一定會在戰鬥的虛無的年代尾聲，帶著一雙眷戀之眼回來。《九重葛與美少年》裡也寫到憂鬱症的治療、對郭松棻的思念，我以為能和盤托出這些，也許是好轉了。如今——

〈失去的庭園〉這篇散文，李渝描寫偶然又重逢一種恍惚甜美、青春重臨般的感覺，一片蓬勃庭園開展眼前，深處是一對緊緊擁抱的戀侶：

一點聲音都沒有地緊緊地擁抱著，無顧於世界的騷亂，脫身在時間之外。

靜靜的庭園，羊齒以某種頑強的生命力在滋長。

我想我之所以無法寫小說，不是因為工作繁忙、生活瑣屑、機車群囂張、文藝觀遷異或者世界改變等，只不過是因為在自己的心中，失去了這一座庭園。

這說法長存我心。永別而不別，那些銘心刻骨的篇章，篇章裡的光線，柔和地擦拭著青瓦，彷彿為了替代，更為鮮明地在我胸口亮著，如從未失去的庭園。借用魯迅贈給長媽媽的話：「仁厚黑暗的地母呵，願在你懷裡永安她的魂靈！」

袈裟下，埋著一瓣茶花：悼周夢蝶

周夢蝶在武昌街明星咖啡館樓下擺書攤的日子遠了。我曾在隱地回憶七十年代的筆觸下讀到他，也曾在朱天心〈時移事往〉中瞥見他作為時代大景一部分。夏宇詩集中不也提過五十二路公車上相逢夢公？「夢公握手手勁強大我常不支」。

甚至我曾在年輕詩人的派對裡見過他，一襲墨藍袍，臉容瘦得像是吮淨了肉衣子的核桃，一派安然地端坐在搖滾樂裡，忽然旁邊五顏六色的我們都像是群魔亂舞了。後生小輩們一一斂了神情，排隊向夢公致意。他握住每個人的手，果然，好強的力道，我們的手在他掌中有如紙團屈擠著，人人臉上都浮現了幸福的痙攣，然後他說上幾句河南腔國語，我們也不見得真懂，卻都得了神諭一般，臉上也跟著神秘莫測起來。

有一次也真真在明星咖啡館三樓碰見了周夢蝶。招牌藍長袍，瘦削身形，微聳的天蓋，默默坐在角落卡座。那時候我們一大幫子人，臺灣的中國的香港的研究生們，彼此推推搡搡，就怕是不是打擾了詩人清興。倒水端點心的阿姨說：「去呀，他可喜歡跟人說話了，去去去，不要緊。」最後一個本籍河南的上海女孩豪氣地說：「哎，我來！」就上前以河南話向周夢蝶攀談了起來，然後才招招手叫我們過去。

那是好幾年前的事情了。談話內容似乎不怎麼牽涉到詩，只記得夢公一面說話，一面扯整著頸子上的圍巾，近乎無意識，打個結，再鬆開，又打了個結……而他正說著的是回河南老家去，竟剛好逢上了大兒子病重去世，一趟返家探親理應是溫暖旅程，卻變成了灰色生死夢境。

歷來談周夢蝶詩，總是佛，禪意，雪與火，俗世懷抱與超脫的辯證。但是，在這些空靈而又沉重的氣息背後，是詩人也作為一九四〇年代後半葉國共內戰、大批流徙遷臺的從軍青年人，於家於國無望的集體氣氛下的一分子。浸浴於壓抑的時代風，詩人摸索著屬於自身氣性的語言，纏繞而又慈憫的格調，這是性格使然，也是另一種大時代下的反響。在石室與鐵屋中，他感受的不一定是苦悶禁閉，而是心上縹緲的一縷一絲——

於是在他的詩裡，處處可以看到對於情的識覺。〈有贈〉說「我的心忍不住要挂牽你」，〈上了鎖的一夜〉說「不，用不著挂牽有沒有人挂牽你／你沒有親人，雖然寂寞偶爾也一來訪問你」，而〈托鉢者〉則寫著「紫丁香和紫苜蓿念珠似的／到處牽挂著你」，〈漫成三十三行〉更痛切：「在藕紅深處，佛手也探不到的／藕孔的心裡——／藕絲有多長／人就有多牽掛多死」——「牽挂」，是一朵花搖動嫣然，一件久遠小事的餘威，動心不忍性，像撲不掉的毛球。牽挂，是袖口殘留的微潮，信件摺痕的破綻。

我最喜愛的，則是〈積雨的日子〉，收在《十三朵白菊花》裡。詩裡設想一種偶然，因為偶然而引發聯想，擴大心思，風景與人連結，燒燙出情感花紋：

涉過牯嶺街拐角／柔柔涼涼的／不知從那兒飄來／一片落葉——／像誰的手掌，輕輕／打在我的肩上。

打在我的肩上／柔柔涼涼的／一片落葉／有三個誰的手掌那麼大的——／嗨！這不正是來自縹緲的仙山／你一直注想守望著的／那人的音息？

落葉如手掌，不知道從哪裡飄來的——是從夢境的長牆外，還是時針倒轉，如電如露者又回到尚未消逝的那一秒。第二段重組了第一段裡，那風景與人的觸點，在音節與意義上，都能造成迭映的韻律。這片落葉在飛落過程中，長出了情感的身世。是誰的手？是探不進藕孔的佛手？是你想望而遙遠的那人，輾轉傳遞了訊息？

無所事事的日子。偶爾／（記憶中已是久遠劫以前的事了）／涉過積雨的牯嶺街拐角／猛抬頭！有三個整整的秋天那麼大的／一片落葉／打在我的肩上，說：／「我是你的。我帶我的生生世世來／為你遮雨！」

從「三個誰的手掌」大小的落葉，變成「三個整整的秋天」，一日不見，如隔三秋。時間已經變成空間，而空間距離又因為時間而加乘，變成縹緲仙山，唯有夢中可及，唯有在隱喻的世界裡，可以凝聚在一張落葉上，做盡姿態，傾腸吐膽。平靜裡迸發的激情在最強一瞬，落葉如同魔毯，竟可以鋪展到生生世世那樣的尺寸。積雨的日子，積下的不只是雨。

感於多情，而又極力要與之並存，乃至再上一層，以情為悟的資靠、憑藉。在情中而有悟，而非割捨情。一九八〇年三月周夢蝶〈致高去帆〉信就說：「『雪』，似亦可歸入先天性絕症之一種。頂上雪，super youthair（染髮精之一種）猶能改之；心頭雪，則非兼具嬿脂淚，水雲情，松柏操與頂門眼者不能改也。」他不只強調德操與識見，還得有「嬿脂淚，水雲情」，與賈寶玉同情同理。

讀周夢蝶幾本詩集，彷彿讀《紅樓夢》賈寶玉數次有了悟契機，而又未悟。以寶玉天分，也不能頓悟，而是漸悟；唯經歷過多次的生離，錯過的死別，那些人間不可避免之命運，把曾有的青春歡欣反襯得只是黑井剎那的微光——而人生本質，莫非也就是不斷下墜的黑井本身？所以詩人問了，〈川端橋夜坐〉：「什麼是我？／什麼是差別，我與這橋下的浮沫？」甚至他問，「說命運是色盲，辨不清方向底紅綠／誰是智者？能以袈裟封火山底岩漿」（〈四月〉）他知道披上袈裟，底下仍有岩漿。可是周夢蝶詩中所追求，果然是成為純智之人嗎？對於寫詩人來說，從情到悟，從惑到智，那歷程裡有顛沛的真魂，即是詩意棲居之所在。

〈走在雨中〉中曾說，「許久不曾有這分渴望了／雨和街衢和燈影和行色和無聊／仍和舊時一樣／——是我畏懼著歡樂」，因為歡樂必有沉落的時刻，因為有歡樂的記憶，銘刻於身心，才有渴望。這渴望可以蟄伏，不可以消除。可是生命如此寂寥，隻身來臺的周夢蝶，在軍隊、在街頭攤販裡，都似乎是那麼格格不入的一個。他讀經，學佛，不畏冷淡與艱難，一如他寫詩，默默，堅定，琢磨那骨肉，緩慢裡竟也累積了幾卷帙。他這樣區分，「詩是感情，佛是觀點」，二者理應相反，卻在他詩中相成。把二者綰合在一起的，或者正是周夢蝶自己一九六五年四月〈致羅璧〉信中讚揚的「天真與癡情」，人的性分中「最可愛也最可哀」者，而這當然也是賈寶玉的特質。多年以來體會，斟酌，六世達賴詩人倉央加措的徘徊：「曾慮多情損梵行，入山又恐別傾城，世間安得雙全法，不負如來不負卿。」變成了周夢蝶讀《紅樓夢》的感觸，糾葛的缺憾，奇異的圓滿。他的袈裟下埋藏著茶花，可是並不阻擋清水凝視，是蘇曼殊的話，

「一切有情，都無掛礙」。

早年周夢蝶與魏子雲談，即強調自己詩中雖然時常涉及禪佛，精神卻是入世的。他的詩文屢屢向紅樓、寶玉致意，寶玉本是癡情之人，而且，沒有情之癡，何來對於情之虛幻的領悟？剎那與永恆，某個層次來看，是同一件事情。

余光中在《化城再來人》中也說，「周夢蝶充滿了矛盾，充滿了嚮往，充滿了不滿足，這些都可以在詩的世界裡得到補償。他是個在現實世界很拘謹很不自由的人，在想像世界裡，是逍遙遊，是孤獨國」。南懷瑾說周夢蝶「在癡狂中打滾」，同時也肯定他能自侃，「也知自笑，可作一浪漫詩人」。從周夢蝶詩集來看，許許多多照應友人心情的詩作，為了一束花、一張卡片、一句問候、一個輾轉的傳說，他都為之心動神搖，為之處地設想，可知他的那份溫柔是廣被的。而他寫信給好友陳庭詩，曾回憶：「……偶不適，與一楊姓女孩，臺大醫學系六年級，初晤敘於明星三樓；一席未終，如湯潑雪，所苦頓失。今此女已適人，已赴美，已綠繁子滿。海天杳冥，緣會無期。吾之痼疾，其終無瘳乎？一笑。」此痼疾纏結已久，亦正如寶玉的「癡病」。

這種拘謹與逍遙、內視與外放、獨身與兼身、了悟與激情之間的矛盾，在周夢蝶〈於桂林街購得大衣一領重五公斤〉中「荒涼的自由，溫馨的不自由」這句話，彷彿得到了解答。自由是艱難而昂貴的，未必是人人都得而幸之，因為那往往也更意味著需要自己去承擔一切——毫無依傍，孑然，漂盪。那孤獨國的況味本來就是一種清冷的優美，暖與寒都是自知，若忽然有人也能體貼到，都是意外。

除了詩，周夢蝶一生寫了許多信。從結集成書者來看，或勸人以愛，或勸人以寬懷，或表達情境、心性，多麼好看！例如一九七四年六月周夢蝶〈致王穗華〉信件末段寫：「謝謝你的關注！我很好。十四年了，在這兒。陽光的香味。塵埃的香味。風雨晦冥的香味。排骨，油煙，杏仁牛奶，鐵觀音和菊花的香味。……有時候，髣髴永恆就在我對面，嬾洋洋地坐著；世界昨天纔呱呱墜地，我是振翅欲飛的第一隻蝴蝶。」那樣靜美的姿態和目光。一九七六年四月〈致鄭至慧〉信中說：「看到一球嫩芽；如果不能『同時』看到整個絢爛的春天，及其凋萎與再生——這人，充其極，只能算他有半隻眼。」一九七八年十一月四日〈致翁文嫻〉則勉勵曰：「即使從猛火中，堅冰裡，也同樣叫得出一對鳳凰來。」見微知著，坐小觀大，深信人的精神力量與嚮往的虔誠，以有限設想無限，所以能在默坐中醞釀，締結藏在內裡的癡情司。

註：題目改寫自周夢蝶〈五月〉：「在純理性批判的枕下／埋著一瓣茶花。」

泥濘亦是這般真實：悼也斯

也斯走了。幾年來一直知道他身體不好，還是覺得突然。在一個陰涼早晨知道消息，心裡立刻浮現——「靜夜裡向這心的舊池挖掘／你找到什麼／那些泥濘亦是這般真實／黑暗中偶見蛋殼的碎片」——一九七二年的〈舊句〉。

知道也斯或梁秉鈞這名字，是大學時代。那時候在臺北盆地南方靠山邊的大學唸書，學校裡有家裝潢平凡，卻品項齊全的書店，香港牛津的書一整排擱著，孔雀藍熟棗紅，很鮮明。

後來，斷續讀過一點，可是一直不喜歡。也斯的詩文字較鬆，有點囉唆，而彼時我嚮往的詩，是含蓄、迂迴、緊壓、高密度。也斯的人，倒是見過好幾次，那麼和藹，總是應大家要求，用粵語讀詩，好聽極了。遇見讀漢學的日本和德國的朋友們，都喜歡香港，都提到也斯，說：「他真好玩，他總是笑。」日本朋友還翻開也斯某詩集，說這是某某年他們拜訪詩人，也被寫到詩裡去了，得意得很。

什麼年紀能接受什麼樣的作品，原因實在複雜。檢視讀書史，發現他人認為是成人才讀的，我偏偏年紀極小就讀過，他人以為必然是文學少女啟蒙般的經典，我卻是二十餘歲時才漸入堂奧。我一點都不遺憾年少時無法領略也斯的詩，那種悠然的感喟、滄桑的顧視、以香港為核心的亞洲視野，是需要一點年紀與準備，更能瞭解。這幾年來，我開始喜歡也斯詩作，尤其愛翻讀《雷聲與蟬鳴》和《蔬菜的政治》，一方面是想著，啊我終於老了，另一方面也發現，疏鬆未必是缺點，其實比壓緊的詩句，更生出溫柔與撫慰。再者，疏鬆的詩句，更依賴意義與情懷的灌注，《紅樓夢》林黛玉論詩所謂「立意清新」是也。

早期的詩裡，也斯寫過〈除夕〉：

燈光仍亮而黎明未來
我們將要繼續徘徊嗎
談到遠人和詩
儘讓此刻的一個煙圈
在空中久留一會不散
霏霏細雨降下
且以圍巾兜過脖子
留取風前的暖意
趁樹未像人一般散去
人未像樹一般呆立

他的除夕不是鬧熱，團圓，而是一種徘徊，在那日與夜、過去與未來的交界。「談到遠人和詩」這句，真有一九三〇、四〇年代新詩的味道。期盼延長煙圈，留取風中不斷逸失的暖意，多像是我們對於時光的心情，怕分散，怕不復青春時的活力，怕自己終於變成了年少時所不喜的那種人。如同〈缺席〉裡寫的：

看椰樹落著
在一千條街道上
那時我與他們走過
有著嚴肅的
話題的街道
名字我已忘記
我看見他
鬼魅一般走來
沒有臉孔
他的笑
是空無一片
在蒼蠅的日子裡

去到杯子泡沫
在緩慢的走近中
失去了他
我是說
當我再抬頭時
已經沒有他蹤跡

「蒼蠅的日子」，很難不令我想起魯迅〈在酒樓上〉，像蠅子般繞了一圈又飛回來了，昔年談著嚴肅話題，顯然有過遠大理想，而詩中人之所以低下了頭，不就是因為也同樣過著蒼蠅的日子嗎？像杯子泡沫那樣湧現又終於消逝了的，不就是不能實現的那些？彷彿回應〈除夕〉，人已散去，人已呆立，而因為尚未徹底麻木，所以難免震動。

也斯曾談到筆名由來，不想套用現成的美的概念，不想選用已經框定過的詞彙，因此拿了「兩個沒意思的字」，自行賦予意義。他說：「這也是我對待文字和創作的態度——不想要裝飾性的詩意，想在不詩意的地方去找詩。」他想擴張「詩意」的版圖，挪動「詩意」的界線。例如這首〈菜乾〉：

從前不喜歡阿婆的滿臉縐紋
不喜歡阿婆的黑色衣衫
老是從裡面摸出一些甚麼來
那是我們打了摺的過去嗎？

菜乾，在烹調上發揮襯托、提點、釋放的功能，最乾癟的髮膚裡濃縮著時光。人老去了，菜乾醃著曬著緊縮了，看似身體、精神的減法，其實是鮮味的加法，以之鈎出「日子的金黃」。這首詩裡型態與意義的類比很單純，可是精準，親切，有情，人人都能想起自己的母親、祖母，以及她們的菜色與廚房。和〈菜乾〉類似，是〈給苦瓜的頌詩〉：「老去的瓜／我知道你心裡也有／柔軟鮮明的事物」、「不隨風擺動，不討好的瓜沉默面對／這個蜂蝶亂飛，花草雜生的世界」。

另外一首詩，〈拆建中的摩囉街〉寫城市的變化，在那條充滿了「暗瘂的青玉」、「鏽棕色的剪刀」的舊物街上：

棄物鋪展至路的盡處
舊式熨斗中沒有炭
電鐘沒有通電
舊書沒人翻閱
舊衣服中，沒有肢體

蒼蠅嗡嗡拍動銅器的鏽綠
玻璃的裂痕和
陶瓷的污損
身後鋪子的黑暗中

一道古老的鼻煙壺
分盛著許多零碎的過去

一個棄置的世界。它們畢竟不可能如迪士尼《玩具總動員》（*Toy Story*）裡被淘汰的玩具們，還能聯合思考反擊之可能。現實不給我們此等看似叛逆實則柔馴的夢幻。摩囉街，香港多元文化的痕跡之一，被剪除的生活以物的形式集中於此，那些零碎過去，可還有人願意挖掘？

也斯擅長從物件中發現人情，看似聲東擊西，其實條理互通。他對於食物、空間，特別敏感。食物中有歷史，有家常與非常，空間是情感憑寄、記憶攢附的劇台。同時，他也對於食物如何旅行到不同的空間與文化，而空間又如何吸收涵納這些食物與文化，特別感興趣，這本是香港迷人的履歷之一。這種交錯融會的複雜特質，乃是同樣有過殖民歷史、同樣是世界貿易與冒險航線交錯位置的臺灣與香港，親近的共性。所不同者，殖民文化源頭有異，底層文化上，香港屬於廣東一脈，而臺灣更偏向福建，還有原住民、荷蘭等因素。因此，我讀也斯，很容易找到共鳴，或發現對照的樂趣。

再者，也斯的詩，總有事件浮凸出來，宛然可辨而又不徹底表露，也總是訴說著某種領悟與意義，情與理並存。詩中闡述道理，可被掌握，則詩句本身當然不能過分密壓，或者囊藏太深。也斯的詩溝通性很強，讀者很難會錯意，可是也並不是說教，因為他的意象之新鮮準確、語調之溫和親切，且能深入生活況味與香港特色。再者，雖然繫於本土，並不封閉。如同李歐梵說過，他是國際主義的，尤其關注亞洲命運，通過開放的體驗與思維，亦能反過來鮮明香港、豐富香港；因為，這些體驗與思維中，總有一個「香港之我」在運作，有恆常亦有協調，不怕失去主體，也不怕拘泥墨守。他在〈亞洲滋味〉結尾早已表明心跡：

如何在黑暗中醞釀，在動亂中成長
千重輾軋中體會大自然的悲憫與殘酷
如何以一點甘甜襯托大地人世無邊酸楚

輯四

突出物

藏在裡面的妳：《那麼熱，那麼冷》

熱的是男人，冷的是女人。

〈落英〉裡徘徊死亡關口的男人自白：「那時我一直深愛的妳，不就是我這一生最大的鼓舞嗎？倘若我不想贏，倘若我沒有將任何人打敗，試問我還能憑靠什麼擁有妳。」而〈那麼熱，那麼冷〉裡的蔡紫式永遠摸不清住在樓上、高處勝寒的妻子，「他不習慣這裡的靜悄無聲，也想不通一個女人為什麼可以坐著不動，為什麼不去逛街購物打發自己的時間。」那些看起來冷的女人，曾經也有過熱的嚮往吧，然而世情與命運將她們一寸寸冷卻冰鎮，甚至，有時候就是得這樣「靜靜地發出一股子冷氣」（張愛玲語），才可能抵禦男人的熱帶來的催逼與威脅。而莫非這就是王定國小說裡永恆的悲劇，男人把心裡唯一的女人當成事業經營，追蹤，或者攫獲，追蹤者把熱放在心裡，攫獲者把熱變成網羅；然而，那個被供奉或隔絕起來的女神、妻子，不是完全忘了他，就是不再或不願意愛他。

當然冷卻以後也可能重拾熱度。〈世人皆蠢〉裡天生長短腳的她，走起路來總是那麼焦急，可是終於也在和丈夫分居、慢慢構建起生活圈子後，認識了那麼一個他，知道她在意身體上的缺陷，索性不再治療自己的膝痛，一起走路時簡直就是障礙競走，「是因為同情嗎？從沒想過同情也有這樣的幸福」。

男子為何執著於這些回應很少，甚至根本只是回憶的幽靈般的女子呢？〈某某〉的他，懷抱著童年時代那在牆頭要遞予他垂憫與禮物的女子形影，選擇在婚友社尋覓合適對象；在聯誼餐會上遇見的女子，倏然坦承自己剛剛和男友分手，然後就站起來離開，「他跟在她後面，過了半條街，忽然覺得她的孤單背影其實很像他自己」，就此決定了姻緣。這又回到了牆頭，反過來自己扮演牆頭遞出垂憫的女孩，垂憫和自己一樣擁有同樣傷痕另一女子。

再來，《那麼熱，那麼冷》裡的男子，終生要消滅的，還有高低間的差距。這差距可能指社會階級，那使男子感受到鴻溝的，往往是因為愛上了高階級的女子，一輩子奮鬥也就為了填平鴻溝。這差距也可能指同儕團體裡始終屈居於其他同性底下，太想知道站在最前面、視野良好的感覺是什麼。〈落英〉裡的男子嚮往廟前石鼓，爬上去的人可以睥睨太晚趕到廣場的其他男孩，而他在這樣的競賽裡總是落後。一次，終於提早離開教室，先於所有人爬上石鼓，「那是我在成長路途中第一次抵達的最高點，但我不知道廣場裡的人都到哪裡去了，黃昏時我終於哭了起來」。這記憶梗在心頭，「只要夢中出現無人的廣場，我幾乎都會驚醒過來」，為了超克這個關於勇氣與成就的隱喻，「我暗自發誓要爬上人生更高的石鼓，應該就是那樣的困境中萌生的意志吧」。

男人們在人生裡拚搏算計流血，上演種種可笑畫面，只因為他的人生已經定錨在某個女人身上，和夢中情人的距離，就是和某種更好、更對的人生位置的距離。彷彿她就是遙遠藏寶圖上的燙金符號，標誌海水深處沉船流瀉的珠串，最好的方法是直接擁有那張地圖，或那艘沉船。總有一天可以破譯，總有一天，可以把散落的珠串全部找回。

〈某某〉裡頭最清楚的一句話，「今天早上在妳丈夫的診所裡，我經歷了一次未完成的內視鏡檢查。當儀器深入我的胃，我竟然惶恐著被我藏在裡面的妳就要被發現了。」但是寫這話的男子猶豫了很久，刪除了它們。他所愛的女人也許最後並沒有讀到這一句，但是我們讀到了。藏在裡面的妳，是王定國小說裡男人們生命升降的支點，是男子氣概底下不能說的孤單化身，同時也是——在書末附錄的訪談，長年從事房地產行業的王定國提及一樁往事，金錢、權力與自我交鋒如沉沉賭局——如同〈我的杜思妥〉裡談的，執著於賭，不就為了翻身？可是，「通常在那樣一種齷齪的情境裡，我那屬於文學的王定國是不許我成功的，他躲在別人看不見的心靈中，完全把我卡住」，原來杜思妥也有不賭的時候。

同命鳥及其堅執：《地文誌》

我手上盧瑋鑾《香港文縱》（一九八七）一書，竟是在東京神保町內山書店買到的。一翻開，作者自序〈漫漫長路上求索者的報告〉，談到她在一片空白領域中，默默做著別人認為枯燥難耐的資料工作。小思女士的努力，點滴積聚，為香港文學研究奠定了基礎，嘉惠了後起研究者。努力於收集、釐清、研究香港文學的學者與創作者陳智德，可說是在此基礎上向前發展，近作《地文誌：追憶香港地方與文學》，融合個人閱讀記憶與香港文化政治，抒情與批判同在，亦書亦劍。他雖然年輕，也已經是走在這條漫漫長路上的求索者了。

《地文誌》分為「破卻陸沉」與「藝文叢談」。第一部分命名帶有濃厚魯迅精神，要打破「無聲的香港」——無論這「無聲」是自願還是被迫，是自然如此還是遭到抹除；第二部分命名則顯露出文人氣息，以書自立，以文觀世，尤其是要以香港文學書刊出版史上種種可愕可哀，你證我證，心證意證，曾經這樣活過的，就能那樣的給其他人力量。

再者，本書並非單純史料解釋或勾沉文章，而是在文學地景現場，處處介入，篇篇有我。那些事件、地方、作品，之所以難以磨滅，是因為交織著公共、歷史、個人，標誌著島與半島諸多大我與小我、上層與下屬、進步與遺忘，頡頏，拉鋸。陳智德「有我」的方式，除了童少時的個人記憶和長大後的自覺省思，還有詩的寫作，如〈旗幟的倒影：調景嶺一九五〇—一九九六〉，並陳了穆旦、趙滋蕃、張一帆、林蔭、鍾玲玲和自己的作品，從抗戰時大後方的旗幟，到父親所用玻璃杯上印著的斜波浪青天白日旗，顯示出歷史的連續，政治與地方發展的關聯，以及自己在這些文學與歷史滋養陪伴下長大的自己，如何以詩回望、響應。

全書意念統一。屬於第一部分的〈維園可以竄改的虛實〉，歷數多種文學期刊，方生方滅，「幾代人前仆後繼創建的文化刊物停刊後了無痕跡，多少年了？香港反覆被稱甚至自稱為『文化沙漠』，彷彿樂此不疲」，因此他問：「為什麼還要寫下去？」累積多年成就的那些字粒，彷彿可以隨手扔擲。而屬於第二部分的〈十年生滅：香港的文藝刊物〉也說，「不論在回歸前或回歸後，政府政策重心一向都是財經、地產，以金融服務和基建來吸引外資、以移植文化和建造『景點』來取悅遊客，對本土文化不甚了了」；學生認識文藝，多半通過正規教育以外的管道。陳智德認為，香港文藝數十年來紡織出豐富的面貌與內容，卻很少在教育建制中看到，無怪乎香港人老自以為「文化沙漠」了。

我特別喜歡〈廣華書店和它的灰塵〉這篇。寫一九八〇年代窩打老道的書店，販售經史子集學術用書，櫥窗積滿灰塵，旁側大多是五金行，看來像是被時光遺忘，又那麼不合地宜。中文系裡開古籍導讀課，列出二十四本必讀書目，只有廣華能夠買齊，都稱為「廿四味」，像是抓藥一般。後來，書店終於要關門了，陳智德第一次，也是最後一次得以走入這書店內膽，那麼多大部頭書籍直堆到天花板，「書的氣味混合濃烈的塵埃氣味，像米的氣味」，「厚重學報像精密的隔音裝置……密閉空間封鎖了時間，堆疊是它的言語，空洞中發出回音」，是書店的心臟，又像是書店的母體，彷彿出生地，可是也無異於墓穴。——不無物傷其類的感慨。這些書的命運，或者就是像他這樣的寫作者的命運？「書店、書籍和我，宛似同命鳥」。

那麼，如果已經從那麼多前行人事物中預見了文化人「和光同塵」的歸宿，仍然繼續找，繼續寫，不放過那一點苔痕，所謂「不容青史盡成灰」只是一種癡想吧，《地文誌》卻把雙手深深扒進灰燼——那最後一點餘震，莫非是自己的脈衝？書中各篇結尾，沉痛內斂，似乎不輕易給出希望，我卻覺得那裡頭也有一點魯迅〈藥〉的意思：某些珍貴存在雖已消逝，仍有人來獻花環，還有銅絲般的枯草，鑄鐵般的烏鴉。那一點點鮮豔和堅執，就是沒寫出來的，絕望中的希望罷。

【附錄】島嶼反響——我書架上的香港文學

金庸小說算不算「香港文學」?至少,在十二歲時,廢寢忘食投入武俠世界,我知道作者是個香港人。

這一點點認知當然很膚淺。那時候我還不能預料,後來竟會如此關注「香港文學」,認識許多香港的寫作朋友。回想自己的閱讀史,居然也可以使用「香港文學」來作為長河座標。

高雄家裡訂閱《聯合文學》,大概是一九九一年末到二〇〇〇年初,是我十三到二十二歲之間,也就是文學寫作萌芽、發展的時段。一九九二年八月《聯文》策劃「香港文學專輯」,我頭一次集中地讀到諸多名家,尤其是辛其氏《紅格子酒舖》;雜誌裡節錄一章,是出身工廠熱愛文學的葉萍,與愛慕的寫作老師在酒舖談判,其實愛情走到要談判,那已經是訣別,不愛的理由通常是虛設,相信那理由也是自我安慰,不過是遮掩無情與無望。《紅格子酒舖》在九九四年由素葉文學出版，香港書在臺灣難買，後來去香港逛書店也未必剛好能碰上；二〇〇八年，在旺角一家二樓書店覓得，才終於知道小說全貌，小說裡那群走過激情社運時光、後來各奔東西的七十年代男男女女，從街頭、文學與愛情裡知道的不僅是青春滋味，還有中年亦無悔，仍相逢、錯身在燭光的維園裡。

真正意識到香港的殖民歷史與文學教育，和我島之間的親切感，是《聯合文學》一九九七年七月號，在這敏感的年月，策劃「回歸？回憶？——香港的昨日與明天」專輯，幾位香港學者從個人成長經驗以及人文學專業出發，討論了殖民、認同與文學文化的關係。說來慚愧，我雖然在青少年時期就因為大量閱讀柏楊，對於所受國文、歷史教育，不怎麼信服，認定課本裡多的是欺騙與規訓（規訓這詞當然是後來才學到的），但是那股子叛逆主要成分是對成人加諸的枷鎖的直覺反抗，還不曾反省到文學教育內容編排牽涉到的諸般見與不見、建（構）與不建（構），倒是這期雜誌的專輯啟發了我。這大抵也是後來我教書時「勸誘」學生的基本觀點：臺灣讀者應當更關心香港文學，因為臺港是如此靠近：南方島嶼特質、殖民經驗、混血文化，以及同樣得面臨「強國」陰影，在踹共與媚共之間還存在複雜光譜——我們是彼此的反響。

我曾在香港文學裡得到的，現在又孜孜地吐哺給我的學生們。教董啟章〈永盛街興衰史〉、也斯〈愛美麗在屯門〉、陳冠中〈我這一代香港人〉、劉以鬯《酒徒》、西西《飛氈》……內心總有難言的感覺。像岩漿在中年心底靜默發動，熱，而且深，然而好似有一縷磺煙竄上來，熏撩我鼻與目。

家裡六千本書，香港相關書籍過二百本，實在不算多。但是每本都有感情，都有故事，都有旅程。比如李英豪《批評的視覺》（文星，一九五五），是鯨向海在舊書店發現，買來送我的，他知道我對香港五、六十年代現代主義感興趣；盧瑋鑾（小思）的《香港文縱》（香港：華漢文化，一九八七），是第一次去東京時，神保町內山書店三樓古書部意外買到；劉以鬯《對倒》（香港：獲益，二〇〇〇），記得是十幾年前打工時，參與同事詹正德（當時他還沒和詩人隱匿結婚，也還沒跑去淡水開書店）發起的跨海團購才得到的……

藍血人：《光上黑山》

好像有一種細微聲響，在金屬沙子上移動。是烏雲的腳，秘密升高的水線，冬天時乾去的細藤重新活過來還要往前爬的觸角。

讀胡家榮詩，總能喚起腦中許多精微之美。《光上黑山》是他大學時的作品，真讓人驚豔，那麼年輕就能這樣少罣礙地寫，鉛筆畫暈糊開來，直接是深淵。這是我寫詩很久以後才有的體會，越是深淵，文字則必須越是清簡，操作著打水用的細繩子縋入深井那樣，但是胡家榮似乎在寫詩的最初憑著自信與自覺，即能夠靠近。

《光上黑山》必須作為整體來看，而不是分割成一首一首（附帶一提：全書的美術與編輯也都彰顯了這一點）。像是某些當代藝術作品，從系列中才能窺見意義。而雖然書名使用「光」與「黑」這麼對照的字眼，書一開篇，卻是〈我泰國的海藍寶石〉，「倜促且偶然的／我買回了我的血滴」，藍血意味著「我是一另一種生命體」，這讓我想起倪匡曾寫過《藍血人》，隕石襲擊了太空船而降落地球的土星人，「身體裡流著不同的血」原是象徵性的說法，在小說裡以顏色鮮明地區分開來，傷痛、緊繃的時候，藍血人臉會泛藍，宛若潮汐，其意義與地球人的泛紅一樣。胡家榮詩裡的「我」，顯然也藉由血液顏色區分了自己與其他人，而且，這色澤特異的血液是珍貴閃爍能夠凝結為寶石的。

〈姊姊〉：「我有藍色的血液／你有紅色的血液／紅色血液的姊姊／我是否應該尋求你」，「我」之所以流著藍色血，也許是因為詩，或因為愛／失愛，身處紅色血液的普遍世界，如同一名異鄉人。「姊姊」是擁有正常、普遍血液的存在，顯然和「我」關係深厚，所以〈血水〉這首詩才會寫：「黑色的鱗／紅色的鱗／藍色的血液／灼熱漫開／想望你紅色的血液／藍色血液的小蛇／姊姊／蒼白的尾鰭／衰老的尾鰭／過去的尾鰭／我們還有隻過去的尾鰭」，「藍血液的小蛇」，蛇本是冷血變溫動物，可是詩裡卻說藍血也有自身的灼熱。無論紅血姊姊和藍血小蛇是多麼相隔的異類，藍血者對紅血者生出「尋求」、「想望」的強烈情緒，而且，他們還共同擁有「過去的尾鰭」，彷彿是尚未進化、未分化前的連體部分，那退化後仍在情感上存在著的幻肢。

在〈缺口的籠子〉裡，詩人暗示著我族的稀罕，「002來了。001坐在角落看。／002走進了001的牢房，他們審視彼此的眼睛，不問關於經過的事。／『來了一個族人，』001說。『活著還不浪費。』」然後001和002顛倒相愛起來，直到繁花落盡。原本編號指到一，現在來了可以一起被編進行列的另一人，「族人」，多麼困難，是另一個藍血人嗎？是能夠感受幻肢、辨認寶石本質的另一顆心嗎？尋覓到「族人」，活著才有意義，孤獨是為了等待相逢。

然而，渴求同族為伴，和渴求與異族交通，同時存在。藍血人是否因為渴想紅血人，甚至矛盾地希望變成對方那一族人？〈魔說〉第二首：「換血的時候／幾乎死去」，換血，因為原血有毒質嗎？想成為另一世系血統，渴望因此改變命運與認同嗎？換了血，深淵是否就消失？

追尋認同，區辨同異，是百年來最重要的文化政治課題。然而，最小尺寸而又最難解的異鄉經驗、被排斥遭遇，不就是在愛裡／外嗎？〈我們〉：「風中篝火閃爍／閃爍不定／每一個異質的神情／都在天光中看見／我們是異星人／來臨只能不斷墜落／降臨之後光亮沉沒」，「我們」皆異，因此靠近。然而，「我們」也可能生出分別心，「山」系列三首詩，第一首說「你畫山給我／我看到一座山」，對方所畫，即成我所親見之風景，彷彿我之世界倚賴對方建造；第二首「你時時上山／山裡時時下雨／你說你喜歡山／你帶我上山」，對方時時刻刻拜訪這座兩人共有的山，假如山是心，雨是心兵，你帶我上山則是為了使我也聽見那心兵列隊的陣仗；第三首看見山脈岩痕，忍不住問「這麼多的疲累／都是我刻的嗎」，你給了我這座山，我的踩踏是否使山增加了負荷呢？猶如村上春樹《挪威的森林》那難以探求的直子之心，莫非尋找族人即是最虛妄的事業？

可是，詩人終究有所依靠。光是自己的，黑山也是。〈記得〉裡說的：「我藍色水域的詩／我記得你們」，藍血，藍水域，放養在血中的詩們。

這時代的突出物啊：《犄角》

班雅明（Walter Benjamin）曾說波特萊爾喜愛的是「稠人廣座中的孤獨」，時至今日，詩人保持擁擠中的孤獨乃勢在必行。這並不意味著寫作者對於人群沒有興味，相反地，他們是太感興趣了，億萬個蜂巢中探出來的，不一定全是蜂臉，也可能是拇指王子，捷運車站湧過上下班人潮萬不得已你儂我儂，總是有人背上長刺，眼中荊棘，無意就戳傷了無辜的路人，變成廣漠世界裡的亂源。

鯨向海正是這樣一個詩人。他看上去和我們一樣普通，有頭有臉，有手有腳，一份正當工作，也住在一個小蜂巢中，可是他在那裡提煉著獨得之蜜，錘鍛隱形的肌肉。他不是能被輕易認出來的那種妖怪。他觀察著城市裡圜轉的面孔與裝備，不怎麼靠近，可是火眼金睛。終於，在這本舊作加新作的詩集《犄角》裡，向讀者們展示他一脈相承、後出轉精的九九神功。《犄角》收錄了八十五首詩，相對於許多詩集總是黃金挾泥沙俱下且泥沙過多猶不自知，本書詩質緊實，想像輕盈馳蕩，讀者將清晰感受詩人豐沛的才能，如何就將無情之物吻醒，如何就使非詩之物歌唱。

雖然同時混搭了十年前《通緝犯》舊作和近年新作，書中沒有明顯分野，也未標出創作日期，顯然詩人不願以時間先後來界定風格。他願意你把他當作變動起伏的整體來觀看。書中以「犄角」代稱一切突出物，是賴以撐持的支點，是拆世界之信的小刀，似硬實軟的試探，防衛矯情與惡意的武器。〈警鈴〉：「這時代的突出物啊／本不應該觸碰，今夜／因為莫名被你按到／使我不至於／在靜寂中消失」，〈吶喊直到盛開〉則指出這是「不能縮的秘密」，固然「沒有永遠高舉的手勢」（〈背給你聽。月光經〉），走在行列前面的人換了又換，標語也一再塗寫修改，最真實的，其實是「把犄角舉到頭頂」（〈在汽車旅館〉），使得那與你有相同頻率的人，更快辨認出你。有時候犄角也可能變成其他物事，例如〈龍舟練習〉：「唯有繼續以槳互打、噴水／我們永恆歡樂的龍舟練習」，或者〈我可以〉：「在汗水中孤獨工作的怪手我也可以／為了抵抗那些落雪／比較粗的燃料棒我真的可以」。

從突出物和宇宙的關係，也可以看出鯨向海和前人的分別。他在〈短詩準備〉中說：「一念之尖／把整個宇宙戳破」，楊牧〈春歌〉開頭則是：「比宇宙還大的可能說不定／是我的一顆心吧」，皆運一己之力，和茫漠大存在抗衡。不過，以犄角身分出場，不是楊牧先生會做的。當然，無血的大戳，焦點可以在攻方，也可以在受方，因此就會出現「和你道別／就像是在雪地上／留下彈孔」這樣的詩句，而那彈孔，如果沒有癒合，就會成為一隻恐怖箱。

《紅樓夢》中數度借詩人中的詩人，外貌如春水性格似犄角的林黛玉小姐，點出詩創作的核要：一是意趣要真，二是標新立異。第一點，即明人李卓吾說「童心」，「絕假純真，最初一念之本心」，第二點呢，具體展現在她閣下作詩，大家總是稱讚「從何處想來」、「比別人又是一樣心腸」，也就是能帶給讀者新穎的意象與視角，破除陳套。萬新皆從舊中來，要知道什麼是「新」什麼是「異」，不可以不熟悉傳統（包括新詩的小傳統），否則，管見自囿，反而可能以舊為新，沾沾自樂。同樣致力於拓展詩的邊界，唐捐明確地在詩中和前輩們對話，挑明了，然後逆子那樣地捽打父親們，鯨向海則是隱性的，暗著來，搔搔父親們的癢處。他們都是熟悉傳統，因此可以推拓新意的詩人。

詩人沒有不懷念年少的。然而，悲金悼玉是一種，鯨向海咧笑自白（不是白目）的姿態是另一種。他在〈更年少時〉氣急敗壞地說明：「我也曾經裸泳過啊！」面對此一努力想把一切都抹平、齊頭、削足的世界，苦苦對抗未知是否成功，可是，詩人曾袒露犄角，戳進大海（蛙式、蝶式、自由式），戳進天空（仰式），戳出洞來，而那就是入口。

大雄補天：《銀河系焊接工人》

1.

從二十世紀末開始寫詩，多年以來，鯨向海是病歷文件上的透明塗鴉，隱藏在幻覺行列中的通緝犯，那長大了入社會了可是胸膛深處仍有怯意的大雄（當然，詩就是他的哆啦Ａ夢）。最新身分，則是銀河系焊接工人。也就是說，地陷東南，大雄竟然也擔任起補天任務了。

大雄那樣膽小，有辦法飛到銀河系破裂之處嗎？無妨，想像力可以使竹蜻蜓變成星船。

《銀河系焊接工人》收入不同時期四十三篇散文，熟悉他的讀者，可以讀到大五實習的心情，畢業後擔任住院醫師的忙碌，和成為正式醫生後生活穩定但仍起伏的神思。同時，還能找到某種一貫性：凝視「病」，將病態提到靠近哲學的高度來談，以病為世界的隱喻，以詩為病的外發，以詩和病來看人生傾斜倒轉，失眠與偏頭痛，心顫與骨刺。

2.

陳平原在〈現代中國的「魏晉風度」和「六朝散文」〉曾提到，晚清以降，小說崛起而散文地位日趨邊緣，不再承擔經國大業，經歷了痛苦但是成功的蛻變後，重新找到自身定位，對於「傳統」的態度從「反叛」轉為「選擇」，擴展、深植了這個文類能夠援引借鑒的文化資源。致使魯迅曾說，「散文小品的成功，幾乎在小說戲曲和詩歌之上」。

當時的散文，既有周作人追求苦澀、平淡、厚實的一脈，徐志摩式的富麗潑撒，林語堂式的絮語親切。張愛玲散文就可以看成是林語堂系散文的延續，她能寫公寓熱水管的嗚咽，電車回家的純真。鯨向海一向喜歡張愛玲散文勝過小說，而鯨向海的散文，我正認為是林語堂系散文的變形，語調中是說話般的親切，同樣持趣味主義，也不以承擔經國大業為目的。他要表現「生命中不可承受之輕」，而非「扛起黑暗的閘門」。

可是，鯨向海畢竟是個詩人——難道他的散文是林語堂和徐志摩的綜合體？我想不是的——徐依賴豪華的聲籟與顏色，鯨則是勝在與眾不同的觀點與機智。徐的文藝情調濃厚得多，他散文內的自我仍是個奔放、外顯的詩人，鯨則充分發掘了一般生活內的靈光與砂金，他散文內的自我，有點不好意思，有點害羞，可是相信自己的目光，是內鑠的詩人。

例如〈溫泉裡消失的腹肌〉提到洗溫泉時，裸體掩映於泡沫，忽然遇見十數年未見的舊日同學，身體尷尬，談話僵硬。這樣常見的偶遇題材，鯨向海卻能以詩的機智加以翻轉，「剛才在雲煙之中，有一度，我們似乎都憋氣縮著小腹，虛構著我們青春的腹肌，以免被對方識破」，不過，時光如溫泉煙霧蒸騰飛走，夢或花或腹肌都難以挽回，「風中坦然迎接，大肚量的中年」。

3.

鯨向海對空間遲鈍（他是路癡），對時間敏感（他痛恨遲到）。這似乎是詩人必備的美德（或惡德）。《紅樓夢》塑造林黛玉為詩人中的詩人，在「花落水流紅」和「無可奈何天」的曲詞裡心痛神癡，臨風灑淚，正是因為對時間的敏感。因此，他的詩少有特定時空指涉，散文也很少涉及旅行；即使涉及旅行，多是內心思辨角力的光影，而不是古剎名所的金箔銀煙。

不過，雖然也追憶逝水年華，鯨向海並不是厭厭地躺在床上，也不是藉著酒液澆灌亂石磊磊的心裡。他不甘心以大家都能猜到的文人美麗姿態出現。因此，就寫出了〈當時的蛋餅〉這樣的文章。這題目套用王菲〈當時的月亮〉，從「月亮」（古今詩人共產）到「蛋餅」（臺灣限定），外型很像，但是比較油也比較香，還熱呼呼的。再日常不過的臺灣式早餐伴隨他的醫學院晨起生活，「冷颼颼的風霧中伴著鳥叫聲兀自發出鮮黃光芒的蛋餅」。那樣的蛋餅只有在辛勞往日時光中有效，替代了太陽，變成人生永恆的日頭，「我再也不曾吃過那麼好吃的蛋餅了」。

還有〈我的軍中同袍〉，他的同袍不是同樣藍色軍服（詩人服空軍役）的年輕男子，而是在軍營草叢撿到的雛鳥，從醜陋小毛團逐漸長成，是一隻紅鳩。那麼，這隻紅鳩，是否將如同楊牧〈春歌〉中，「像遠行歸來的良心犯／冷漠中透露堅毅表情／翅膀閃爍著南溫帶的光」的那隻紅胸主教，以愛為心的神明，預示春天將來到？

鯨向海並未讓他的紅鳩成為高蹈的意象。他說，這紅鳩如同麻雀，極為常見。撿到了這麼平凡的幼雛，有點失望，然而隨即反省這種追求珍希的心態，畢竟，「那些鳳凰還是孔雀永遠不想靠近我，而這紅鳩卻正啄食我手上的穀粒」。詩人由此悟出，在家人和戀人都不在身邊的此刻，「願意跟著我一起入伍的紅鳩，可說才是真正獨一無二的了」。退伍前，他也放飛了紅鳩，怕他不適應，還先行訓練——這不正像是即將「返回人間」，也有些懍慄惶惑的自己嗎？

4.

從精神醫學老祖宗佛洛伊德算起，精神科醫師所做的，有時候也像是個體貼的解夢者／詩評家。

《銀河系焊接工人》最精彩的，即是以夢為名的開頭十一篇。全書開篇〈爛人之夢〉，援用臺灣人常見口頭語「爛人」，試圖翻轉這個極端負面的詞彙。他請一個自認爛人的朋友談談「爛人的爛法」、「爛人的宇宙觀」，從對方的表白中醒悟了，爛人無後顧之憂，不願當不沾鍋般的好人，只願當死纏的爛人，「管他明天早晨的鬧鈴，下下週的 case conference，幾年後地球暖化的浩劫——也要變成戀人，做被愛的人」。他從精神科醫生角度來看，某些憂鬱症患者正有這樣不可自拔搞爛的傾向，這時候，醫生的職責，乃是允許對方「放心地成為爛人」。爛人不是一天造成的，那麼爛人是怎樣煉成的呢？必然是遭遇過某些暴力的扭曲吧？而最終極的暴力不就是時間本身？熟極而爛的結果是彼此承認：「我們回不去了。」張愛玲若看到這裡，也會從半生緣式的悲愴中抬起頭來鼓掌吧。

周作人文章貌似平淡，其實寄沉痛於幽閑，鯨向海文章貌似擺爛，其實寓體諒於搞笑。人在生活的荒謬與命運的槌擊下，不哭反笑，或不怒反笑，鯨向海的散文具現了這種狀態，同時又是這種狀態的撫慰。〈爛人之夢〉、〈靜坐之夢〉、〈陌生人之夢〉、〈御宅之夢〉、〈公共澡堂之夢〉……透過這些夢境，其中不只躲藏了詩人的心事，也有詩人對於生命和若干公共議題的觀照。可是，鯨向海從不是個正面述說現實的人，正面述說永遠只是壓低想像空間（當然，因應立即性社會需求而寫的作品另當別論），他更喜歡曲折一些——例如透過夢——歡迎讀者來此臨水自照。

5.

在近現代脈絡中，西醫是具有光環的職業，如同張愛玲小說〈年輕的時候〉裡，汝良羨慕醫生這個職業，乃是因為「器械一概都是嶄新鑠亮，一件一件從皮包裡拿出來，冰涼的金屬品，小巧的，全能的」，而醫生的一切都令人感覺「輕快、明朗、健康」。換言之，西醫被當作科學的象徵，突破盲昧的利刃。有許許多多的時代先鋒具有西醫身分或者學習西醫的經驗，例如中國的魯迅，臺灣的賴和。

但是，精神科醫師在這行業中，又似乎具有神秘性——「精神」，這樣難以捉摸、無形的存在，如何成為科學的場域？可是到了目下，精神疾病成為現代世界的常態，像是現代性之夢完整帷幕上一次又一次的氣爆，精神科醫生好像又有點「時髦」，然而本質上，他們就像是補天的工人，那些被彌補過的破孔，又是如此容易再度爆開……

對於醫生身分，鯨向海頗有自覺自省。例如〈共醫生作家之軛〉，談到他時常被冠上「醫生作家」名號，受採訪時，記者也往往不忘請他「從醫學角度」闡發一番，雖然也「想從『看哪，我也是個人』這樣的立場說點什麼」，卻無人肯理會。「醫生作家」把同時具備這兩種身分的人一網打盡，抹煞異質性，例如毛姆、契訶夫彼此相差甚遠，或陳克華、莊裕安的詩也大不相同，但是都共此醫生作家之軛。又如〈醫師宿舍生活〉，這題目看似為醫生此一「高尚職業」「解密」，其實，醫生宿舍並未特別神聖犀利，當了醫生的詩人，在宿舍內，也仍然過著一般人類生活。只是，醫生職涯較為固定，與詩人對變動的渴望，正分治著他的心——「人生旅途抵達了『醫生』這一站之後，大家都替你感到放心了，從此進入一種安穩待在車廂裡被動地前進」，可是，他仍然隱密地期盼，哪天忽然就闖進了九又四分之三月台，車窗外棲息天使背著金箭。

大雄雖然膽小，有了哆啦A夢的幫助，也可以高飛，也可能擔任補天的工作。補天並不輕鬆，得要來來回回，再三反復。在這個神祇消亡、精靈折翼的世界，寫詩和看病，也都是一門誠懇手藝。銀河系分裂了，來的不是女媧，是焊接工人。

世人與畸人：《小塵埃》

《紅樓夢》裡寶玉生日，收到了祝賀拜帖，來自性格喜潔的孤僻女尼妙玉。帖上落款是「檻外人」，曾和妙玉做過鄰居的邢岫煙教他，妙玉最喜「縱有千年鐵門檻，終須一個土饅頭」，她是修道人，跨出人世鐵檻之外，而寶玉仍在蠅擾塵世，故應回覆「檻內人」。岫煙又說，如果她落款為「畸人」，則應當覆信自稱「世人」。

比起檻內檻外，我更喜歡畸人與世人的對照。畸人者不合於眾，或突出，或內縮，懶於或怯於迎合；世人則怕落單，怕拒斥，猶如意怠鳥那樣潛藏於符合世間規則的隊伍內，也未必就是喜歡迎合，不過是需要一點妥貼的安全感。

房慧真曾在第一本散文集《單向街》裡說過，她被養成一具怪物，在沙漏滴完之前「隨心所欲，恣意行樂」，則第二本集子《小塵埃》寫的就是自由裡的顛簸，困窘中也有恣意。其實世人與畸人哪裡真能二分？不過是有時候世人的成分多些，有時候畸人的成分多些。

而左右世人與畸人的光譜的，則是各種身分上的扮演或逃脫。比如，在地人（生根的）或漫遊者（浪蕩的），（懼父的）女兒或者（不及格的）主婦，（害羞靜默穴居雜食的）學生或者（終於能向陌生人理所當然開口的）記者。這些都以城市為劇場。

房慧真居於臺北城南近三十年，她看見的不僅是被符號化的「文青樂園」，還有生活本身長久澱積的泥屑，以及泥屑中被保護下來的醇厚與優美。〈百花深處〉寫城南巷弄，常見低矮建築，「空間狹小窄仄，故而門戶洞開」，人人走過都可以看見私家佈置，也常見空屋，閒置，草花中常有母貓來此產子，「既然門戶洞開，也任野貓自來自去，剩飯攪了肉燥魚湯便是貓飯，簷下也總不忘擱放一晚清水」，住家與街巷通透，人類與貓族共榮。這是一雙在地人眼睛。

而城市內有著能讓波特萊爾沉浸的「稠人廣座中的孤獨」，那些靜悄的觀察，他人不一定即地獄可是他人即路徑。如〈夜與霧〉寫新生南路上把自己寄存在速食店的老人，隨身攜帶成疊報紙、放大鏡，襯衫洗到薄脆，〈賣水果的一天〉寫羅斯福路上一水果販，水果按照大小圓扁分類，堆疊成金字塔，自己也紮括得齊整有款，馬球衫，白球鞋；在大安區有管理員的大樓一樓佔地擺攤，「男人很知道自己的分寸，但他仍將散亂的果攤提煉出一種美學」，大抵就是盡可能不引起中產居民們的反感，不被翦除，驅趕。這時候，又變成了漫遊者之眼。

書中幾個篇章都談到女孩世界的心機角力，以及女性身體的變化感知，且當了主婦後竟然還如此混亂野放。顯然房慧真對自身性別身分相當敏感。可是，這樣的女子，又往往在原生家庭內，就因為既有的性別狀態而遍體鱗傷，〈恐懼吞噬心靈〉寫家內父親權力膨脹到最大，甚至曾做過噩夢，出走之際只是因為父親坐在客廳看電視，就再也不能邁開一步。父親像是一種絕對命令，卡夫卡也遭遇過的。

或說到內縮性格與工作之間的關係。〈穴居者〉說校園生活，理當是姊姊妹妹大觀園簪花談詩，可是她不喜與人太過深交，「隱匿，使我覺得安全，封閉，給我帶來自由」。那種自鎖，模擬死亡或生之初，像哥德式古宅地窖的秘密，又像薩德所多瑪的淫佚浪蕩。可是，近年來她做了記者，〈小塵埃〉說的，「當記者有個好處，只要亮出名片，便可以名正言順地向他人索取一個故事」，這對於穴居者來說如同福音，簡直是金鐘罩。可是，工作並不能改變性格，採訪過幾個都市邊角上的踟躕者，畸人接觸畸人，最終，還是退回了世人的位置，害怕依賴就此成形。

房慧真筆觸不走特別精工一路，重視想法的蒙發，眼光的銳利，情意的真實。出入都市畸角，閣樓、陽台、K書中心、MTV，有時候筆觸很熱，因為曾在生命裡畫出刀痕，有時候帶點距離，變成賞鑑者。而我最喜歡誠實：〈遇上舒國治〉寫她與舒國治住得極近，有次去7-11買了簡便加熱小火鍋捧回家去，遠遠見著了舒，不禁想到，這不就是對方最不以為然的、對生活毫無講究堅持的飲食方式嗎？竟赧然了起來。

亂世佳人與昨日世界：《飄》

《飄》我是在國中一年級讀的，紅皮，燙金，譯者不記得了。國文老師看見我下課孜孜與一部厚書奮鬥，露出嘉許神情。那時候就記得兩個畫面：郝思嘉扶住床柱，讓黑嬤嬤使勁幫她勒出十七吋腰；為了計算白瑞德的金錢援助，郝思嘉改造窗簾，縫成稱頭衣飾，要把自己從廢墟中拉出來，撐出舊時代千金的樣貌。

往後的閱讀時光裡，郝思嘉逐漸與林語堂《紅牡丹》的梁牡丹、張愛玲〈紅玫瑰與白玫瑰〉的王嬌蕊形象重合。她們性格共通：奔放，縱情，善變，不拘禮法，自負美貌，視男性愛慕為理所當然。林語堂描寫梁牡丹，一出場就是寡婦，總是夢樣神情，起坐都不像淑女，點燃不同年紀的男人，使青年衝動，使老人召回餘燄；牡丹喜歡讀書，也發議論，看法與眾不同，還帶著一點女性解放的意味，震驚了她的表哥梁翰林，這位見慣風浪的中年男子愛上她，復因為她喜新厭舊、追逐熱情的性格而被拋棄。王嬌蕊是張愛玲小說裡最富吸引力的女子，她能面不改色穿著最鮮辣顏色服飾，能說最挑逗的俏皮話，熔成熟與純真於一爐，讓在場的男人無不籠罩在那股性感的空氣中。梁牡丹的時代是晚清，王嬌蕊的時代是一九四〇年代上海，都是倥傯變幻之際，亦即「亂世」。郝思嘉不也是如此？是戰爭逼出了她的複雜與鮮明、直截與務實。

這三位文學裡的女性，都是亂世佳人；不過，《飄》的考驗更劇烈，佳人的作風也更大膽，直接介入男人事務。牡丹與嬌蕊不過是愛情風暴的過來人，郝思嘉則還挑起重建莊園的責任。她不是個深思的女人，白瑞德或衛希禮只要稍微談起哲思、辯證的話題，她就完全進不去。可是憑著本能，見神殺神、逢魔斬魔，竟也闖出一條血路。

戰爭可能是折磨也可能是機會，弭去階級分界，使上層淪落下層，讓平民也能迎娶名門千金，黑奴在解放了的新世界裡突然不知道該依循什麼。舊世界瓦解了。衛希禮提到「諸神的黃昏」，他不能適應戰後世界，「戰爭以前的生活很優美，就像古希臘藝術一樣，有一種完美，一種完整，一種勻稱」，他自認是那種生活的一部分，「我不怕挨餓，我怕的是生命少了已經毀滅的舊世界中那種從容之美」。他必須遠離思嘉，因為她「好接近真實的生活，好實際」。同樣感覺，另外一位作家花了一整本書的篇幅來闡釋——褚威格（Stefan Zweig）的《昨日世界》，「（維也納）這座音樂之城最突出的天才莫過於把各種各具差異的文化和諧地融為一爐」，「人們在不知不覺中都變成了一個超民族主義者、世界主義者和世界公民」，而這一切因為戰爭毀去，他深切感受過往美好「不過是建立在夢幻中的一座空中樓閣」。夢幻花園成了昨日世界，是褚威格的痛苦，也是衛希禮的痛苦；褚威格形容自己「不得不像一名罪犯一樣離開它」，衛希禮則是負荷著恐懼與不快樂，留下來繼續過活。自然，讀者可以批判他們並未真正張開現實之眼，看不到階級、種族、貧富等等藩籬，然而，《飄》所構築的昨日世界裡，黑奴未解放前比解放後過得好，黑奴是莊園家族的家人，和主人之間存在著和諧的網絡，白人不認為自己奴役了誰，黑人也不覺得自己被誰奴役。那不是謊言，而是長久生活在那樣的社會秩序裡培養出來的信心與價值（或誤解），使得藩籬不是不公平的象徵，而是規矩，教養。

戰爭剛剛開始不久，思嘉衝動下嫁的丈夫韓查理在戰場陣亡，非常時期鬆動了的社會氣氛反而能使她稍稍脫離寡婦身分的束縛。吃苦受罪，那是戰後。當南方價值崩毀，思嘉一夕長大。如何在重建重置的新世界裡安放自己？或許她在感情上的成長來得太慢，可是絕對沒有她想像那麼困難。畢竟，她本來就不是聽到踰矩、悖德、死亡，就尖叫昏倒的那種「淑女」——這身分對於亂世來說，食之無味，棄之亦不可惜。

回來：《九重葛與美少年》

《九重葛與美少年》書名暗示了至美與至纏綿——如同記憶本身，時光層層加工而更顯豐美。書中同時收錄最近作與最初作，創作時間橫跨數十年。擺在第一篇的〈待鶴〉（二〇一〇）：「有誰，會前來夢中相會及陪伴？是誰，會遞來叫人安心的消息，跟你說，放心，我跟你是在一起的呢。……啊，是誰，還有誰，是松棻呢。」和擺在最後一篇的〈水靈〉（一九六五）後記：「是我第一篇發表的小說，多年後和松棻聊起它，說當時沒留剪報，原稿不見了。松棻拿出一張脆黃的原報頁，『給你留著了』。」真使我動容，嚮往。

曾在拋擲與安定、懷疑與重信中走過，李渝總是辯證著一個問題：現實中的醜惡與不滿，由什麼，或誰，來拯救？救贖並不容易，不是由通俗小說裡那些剛巧伸出援手的善心人、永遠巡察著人間的神力來完成。那種救贖太輕易，而且沒有過程。死亡造成了永恆的空缺，重新覆上濕土，試著栽種青苗，也仍然需要等待。〈待鶴〉即以八個小節，出入真實與改寫，病與夢，生者的幻境與亡者的旅程，彷彿是散文又彷彿是小說，從遙遠的事情說起，讓鶴的隱喻翱翔串連，回到了摯愛的人身上，回來把心重新安放。

而〈夜渡〉裡似真似幻的一段航程，夜半來的究竟是偷渡客還是趕集的芳魂呢？重點是夜間短暫晤面，目睹了喜悅與美。〈給明天的芳草〉，女兒和鋼琴教師究竟發生了什麼沒有？死去的美少年和活著的美少年，是什麼關係？故事也許沒有真相，人們總憑著表象碎片編織風景。〈三月螢火〉疲憊中年生涯裡，在咖啡館偶遇陌生知己，終於踏上訪友的旅途，暫時走出氣悶的現實；〈金合歡〉阿麗在重複日常裡記掛著對面租屋的大學生，最後下定決心出去工作，而工作顯然帶來一種朝氣，因此才讓人瞭解，或許那對於陌生男子的記掛不是變心，而是這妻子內在有力量突突地要發作；還有喜歡李渝的讀者必然熟悉的溫州街少女阿玉，在〈收回的拳頭〉、〈似錦前程〉裡再次現身，悄無聲息被逮捕的施老師、木棉樹底下佇立的男子，他們在自身都不知道的情況下，成為他人青春生命的紙鎮，讓躁動得以撫平，懸盪可以有繫。

我更注意的是〈海豚之歌〉。這篇寫被禁錮演出的海豚，和自認懂得海豚心情的一名戲劇演員之間的「你證我證，心證意證」。最後，海豚彷彿聽懂了演員的鼓勵，衝出柵欄，遁回大海；而演員呢，也終於在演出後忽然從種種大傳統大話語中解脫，逃離了舞台，「向夜空躍昇」，跑過人群，來到河畔，「就像重獲自由的海豚成為海洋的一部分，他也成為河流的一部分，不回頭地向前跑」。這篇小說一再使我想起《紅樓夢》裡的齡官，也是身為下賤心比天高，深情，敏感，反叛，可惜她沒有知己，賈薔不是她的知己。相同命運者的不斷對話，可以將勇氣激發，改變現狀。甚至可以說，比起〈菩提樹〉裡菩提樹給予阿玉的慰藉，〈海豚之歌〉更精神化、更純粹。這篇與一九八四年發表的〈失去的庭園〉參看，遁回大海的海豚，跳下舞台的演員，看來方向不同，其實都是「回來」，回到故鄉之水、渾廣的懷抱，回到那孤獨的衝刺、赤條條來去無牽掛的自我，他們都是在追尋那片「無顧於時間的騷亂，脫身在時間之外」的「失去的庭園」，如同年少時光搖蕩於心底的恍惚憂鬱，如同熱戀般頑強自焚無分你我的純烈。

〈跋〉裡頭說了：「歷史是頭猛獸，想用文學，特別是以小說形式，來駕馭或載負它，往往會犧牲了文學，辜負了歷史。」所以，回到那最起始的文學夢，〈水靈〉裡念茲在茲的願望：「她一定會回來的，因為我這麼喜歡她。」

與死神接第一吻：《易士詩集》

我為了美而生存，
復為美而死。
今死於此美麗之大海，
我心亦可安慰。
厭倦了平凡的生，
將與死神接第一吻。

——路易士〈踏海〉

紀弦（一九一三—二〇一三）第一本詩集，是自費出版的《易士詩集》。當時筆名還叫路易士。書中標明「1934．3．15．初版」，印一千冊，共七十九頁，附有詩人自刻像、詩人自序和友人王綠堡的序。既然印了一千冊，數量不算是太少，但是經歷戰亂，現在已經很難看到了。

紀弦原本學習美術，只是比較早就放棄了畫家夢。在《三十前集》（一九四五）就曾附上睥睨眾生的自畫像，菸斗，西裝，只差沒有把招牌手杖也附上而已。而更早的《易士詩集》中，所附自刻像為木刻版畫，戴著呢帽，背著畫箱，還有大衣豎起的領子，頗讓人聯想偵探小說裡夜裡酒吧查案的主角。紀弦替自己塑造出來的形象，是非常現代、都會、時髦的。而一旦到了詩裡，尤其是慘綠少年時代寫出來的詩，這種冷酷的感覺就淡了，和所有敏感文學少年一樣，為愛而苦，為美而屈膝，做著一千零一夜的戀夢。

在南京的詩人朋友王綠堡為他作序：「易士是個感情脆弱而又性格很強的人。因了前者，他是比誰都容易感傷，因了後者，『恨』在他心中又特別容易產生。他很容易同別人衝突。他不滿於環境。所以他的反抗性也就很重。當他的煩悶、憎恨，沒有一種正確的信念去指導和安慰他時，必然的使他寫詩來發洩這情感。」可證諸於胡蘭成的看法，頗為相合：「所有正義的與非正義的觀念，責任或道德，理論或事實，他全不管。只是他認為對，他覺得有贊成或反對的需要，他就這麼的肯定了。但也並不固執到底，他倘然改變原來的主張，往往不是因為何種經過深思熟慮的理由，而且並不後悔。」

緣堡也談到路易士本是一個藝術至上者，如同本文文前所引〈踏海〉。然而，「九一八」和「一二八」事變使他走出純粹的戀夢，看見無情世界的硝煙。不過，如果仔細翻看《易士詩集》，會發現情詩仍然佔了七、八成，受到戰爭與都市的震盪而改變風格的，主要是長詩〈從象牙塔到十字街頭〉，以及最後的詞曲〈栽秧號子〉。大體而言，路易士最早的詩們，仍是如胡蘭成所說，以脆弱的方式（比如菸斗和手杖構成的高傲形象，可見名作〈7與6〉）來進行抵抗，簡直像是唐吉訶德一般，因此抵抗後必然是失敗，然而，「這種不足道的勝敗，由此而生的失意與歡樂，憤怒與寬大，幻境與夢想，構成了他的詩的全部」。

詩集第一首詩，即是〈初戀〉：「我是深深地陷入了愛之網，／我看上了那藍襖的姑娘，／伊有著一對黑大而靈活的眸子，／睫毛兒又是那般的濃長！／依勞斯底金箭中在我的心窩裡，／使我熱烈地愛戀著伊，／我想問伊能不能愛我，／但話一到喉間又消失了勇氣。」今日看來簡直是讓人頭皮發麻的文藝腔。「傳聞有人在給伊做媒／夢中我見伊出嫁了——／嫁給那個銀行商／當哭醒時我想著：／『伊將不能是我的了』，／在我床前正鋪著一片可憐的月光」，如此結尾，一方面使人失笑於那份純真，又使人訝異於我們熟悉的「狼之獨步」，竟然也曾有這一面。而〈初戀〉中夢見暗戀對象要嫁給銀行商，後來路易士時常痛罵「市儈」、「鴛鴦蝴蝶派」，在他看來，這些人把金錢攫取看得比藝術要重，加上詩中也時常透露出生活窘境，可見頗為經濟所苦，因而更看不起犧牲藝術的人了。奚密曾提到紀弦樹立的詩人形象，包含了純粹、奉獻、鄙視金錢——影響至今，一個富有的詩人，不免啟人疑竇。

另外，書中有些詩作標明日期，有些沒有。標了日期的作品中最早的是一九二九年寫的〈五言詩〉：

此時夜已深，
何處是我魂？——
魂已遙飛去，
常隨我愛人。

齊句、押韻，頗類似新詩發展初期的摸索之作。《紀弦回憶錄》第一部中，詩人自謂這時候還籠罩於新月派之下。後來，他受到戴望舒影響，醒悟到新詩不應依賴外在音樂性，而應該追尋內在的音樂性，因而棄厭這類形式，開始寫作「自由詩」。

紀弦雖然悔其少作，《易士詩集》收到後來詩集中的只有六首。但是，這部初試啼聲的作品集，仍有若干可看出才氣，如〈六行詩〉：

薄得像一張毛邊紙，——
裹著骷髏的青春。

迅捷有如一支箭——
有死以前的生。
薄紙經不起撕！
生之箭只有一支！

皮相之薄如紙，而生命的一次性，脆弱、迅捷、短暫，詩句本身也與之相應一般，頗為乾脆。再看〈心臟病底患者〉：

任一切毀滅去吧，
聽憑他怎麼都好！
心臟病底患者，
生命比不上一只燈泡。

有什麼值得你大聲呼喊？——

青春永易去！
致於孤獨的詩人，
當專愛一個好女：

一萬詩句為她寫
再描幾幅畫像，
愛情之山難倒，
地球也許會失去太陽。

把恐懼青春消逝凝縮到極點。凡人皆有此恐懼，而心臟病患者的恐懼，應該更強烈十倍。既然生命短暫甚於燈泡，則有限之時光應作最重要的利用，「專愛一個好女」來補償詩人之孤獨。在詩人看來，愛情才是最深刻的追求，有如山嶺一般堅實，地球也許會失去太陽，可是人不能失卻對愛的渴慕。

最後，寫於一九三四年初的〈從象牙之塔到十字街頭〉，是全書最大變奏。

「愛和美的酣夢，／沉沉，沉沉！／可是帝國的巨炮隆隆，／炸蛋就好比蝗蟲，／憑他那小小塔兒，／也難免毀個大洞，／女人底紅唇變成了蒼白」，寫出詩人受到戰爭震盪，同時也注意到都市裡的壓迫，「街邊有華麗的高層建築／說起牠底高來，高聳雲霄／樓窗裡瞧見猙獰的人臉／那是些帝國主義者／資本家，軍閥和官僚／還有城市裡的紳士／和那鄉間的土牢／樓底下發出龐大的呻吟／從那不見天日的幽牢」，這些刺激促使他從美與戀的象牙塔走出來，走到十字街頭，瞻望汗與血，與苦難者站在一起。與這首詩相應的，是把富人與窮人對立起來呈現的歌曲〈栽秧號子〉，詩與歌的結合，一方面也許如詩人自陳的，受到新月派餘緒影響，另一方面，也考慮到此種形式更易傳播，於社會較具速用。

活了整整一百歲的紀弦，見證、參與了新詩史，自己也成為旗手——而且，想不看到都不行（臺灣詩人身高如他這樣超過一米八的，不多罷）。年少時就說過「厭倦了平凡的生」，他的生命確實是不凡的，而今終於「與死神接第一吻」。

註：原詩集中用的就是「炸蛋」一詞，而非「炸彈」。

藝術是尖的：《木心談木心》

倒不是「文章是自家的好」，而是自家還真有些好文章，箇中領會，不說可惜，然而不論貼金或真金，總帶點尷尬。但是，木心一如往常好玩，有自負與自侃，有解得細與不願解之處。昔夏丏尊寫《文心》，而陳丹青著意保存整理的木心此書，亦談文心；夏丏尊書為初學者寫，木心倒是為三四好友知音講，說自己「才氣太華麗」，但是自得之後立即有自省，「不再這樣招搖了」，毫無窘迫難堪處。倘若為廣眾寫，也許另有面貌。

《木心談木心》副標題「《文學回憶錄》補遺」，這「私房話中的私房話」是整理者陳丹青從一個整體裡扣留下來的，它獨立起來更能見得一幅藝術家肖像。《文學回憶錄》是木心看世界文學，《木心談木心》則是從木心看世界文學融化在他的文學內裡，成為致意的對象、吸納與遊戲的資源。自解詩、散文、小說，也自解接受訪談何以這樣回答。不僅文學，也談文化視野，也談作家要能說，要能面對聽眾，有氣派與儀度，不以藏匿為自高。

木心常給人貴族感，與出身有關，與游刃自在的姿態有關，與語言使用有關，與上碧落下黃泉中西自在互為體用有關，有時候流利超然，有時候接地氣（想想〈上海賦〉）。這在優美日漸萎落的世界裡委實罕有。駱以軍曾說貴族比鬼怪難寫，細緻體貼處實非想像可得，也非盲目的刻板印象能概括。且貴族並非端著架子口吐外星之言，林黛玉照樣罵出「放屁」來。木心囑咐「要口語化，不要太斯文，但要有語氣」，同時也說「要關心自己講沒講清楚」；今日竟有以為「口語化」即是要賤斥美感，以為粗即是通，貧淺即是近於民。至於「有語氣」，是情緒，也是氣質，甚或可以說是「很見性情，很見骨子」的表現之一。這也是木心稱許魯迅序跋之語。

他也在意輕與重。文章開頭寫「總覺得……」，「總」是重的，「覺得」是輕的，聲響與意義上都是如此；大段談古今建築文字，純熟白話，清通，有節奏，末了只一句用力，金句一鎚敲下。流水與岩石，輕盈與磊重，各有分量、職務。這是講文字怎麼造與放。還有一種輕與重，是講寫作態度，整體衡量，把沉重者放輕了來講，「所謂健康，是多少病痛積成的，麻木，是多少敏感換來的」；不是生命中不可承受之輕，而是舉重若輕，是「換」過了，不是沒有，「你越是有把握，聲音可以越輕」。而輕與重也以虛與實掩映編織而出，這在他解說〈童年隨之而去〉與寫同鄉作家茅盾的〈塔下讀書處〉時，尤為精彩。所以木心說不做天使，不做魔鬼，精靈倒可以試試。想是輕盈之故。「我會做種種解釋，但不事體系」，背負著體系，則難以游離，也難以頑皮；張愛玲當年也勸說過胡蘭成，要把體系來解散。

講述中木心常以舞台比喻作家生涯。提起寫過〈唐代的馬克白夫人〉這樣的題目，他解釋，這是「要假裝像個學者」，不只承認「假裝」，而且說「要」。正如他以演員與看客的關係來談作者與讀者，演出者知道高明的看客知道那是假裝，因此更暢意了。

書裡說「藝術是尖的」，又說「藝術家應該嫉俗如仇」，二者實為一。拔尖即嫉俗，這俗不是阿城說的俗世（這種「俗」倒是可見出雅，見出力量，木心從不缺少），而是平庸，是重複而無自覺，是只往技術輕易順滑政治正確有掌聲處走，故楊絳說藝術是克服困難，要克服的就是木心說的「俗」。如同他指出「功夫在詩外」、「功夫在畫外」，因為詩內畫內的功夫早已綽綽有餘，《木心談木心》就在談如何有餘，夭矯變化，如何由內而外，避去庸常而與俗世同在。

浪蕩子與小鐵屋：《新詩十九首》

睽違多年，楊澤詩集《新詩十九首》終於面世，腳步略踉蹌，聲情且斷續，像醉酒人的探戈——莫非是浪蕩子來到時間老爹面前的猶疑？全書隱然托浮出一隻漂遊愈遠、回首愈頻的人影，兜兜轉轉，又返來青春的夜都市。浪蕩子浪擲的，莫非就是無數現時此刻，角落裡一星一星淤積起來，以備未來的懷舊？宛如楊澤隨身攜帶的小本子，筆墨充盈而膨脹，勤快翻閱而微捲，哦，那是他自己的時間筆記本，行行重行行，一頁蹭過一頁，堆疊起來，變成鹽柱。「我僅有的痛感，是自己一度感覺過痛。」佩索亞這樣說過。

稍一瀏覽，立即使人疑惑的，是《新詩十九首》的詩法。本來，不以意象眩人，卻以聲情參差敏感取勝，一直是楊澤詩的總體取向。到了這部詩集，此一取向有了壓倒性呈現。其具體方法為：利用迴行、疊詞、複寫，不整齊折疊，製作感覺徘徊的空間，拉長句子的時間，產生趑趄效果；簡單形式重複使用，以之組成全詩，從《詩經》到徐志摩，已屬常見到幾乎變成負面的技巧；多次使用「呀」，或介入完整詞語中間，具有跳躍感，或在句末，輕靈上揚。——這些作法其實都有風險，處理得不好，易產生拖沓、濫情的反效果。處理得好，則可能貼擬歌謠，捕捉心搏，有時合度有時溢出，與浪蕩子的「蕩」感相表裡。

我以為讀這部詩集，固然有些作品仍然可以抽出來單獨閱讀，但是不少具備上述特點者，必須整體對待，方能見得詩心何在。楊澤是極有經驗的詩人，深明種種詩法的善與病，而仍專注固執，必有理由。例如，一再重複「冒著／賭上生命危險」字樣的〈回到上個世紀〉，簡單到讓人錯愕，不過，詩中強調要重訪、再拾已成為建築的過去，要探看底牌、深淵、背面，可與〈少年時代〉相繫；後者傾訴曾以為人生情愛無盡，死神喪鐘無期，即使響了，也不是為自己而敲的。這一類吁歎反覆出現，仍回應著楊澤名作〈人生不值得活的〉裡以敗為勝的愛欲蒼涼。那裡頭或許也有幾次賈寶玉一般，在迷與悟的線上徘徊，從「你們的眼淚單葬我」到「各人各得眼淚罷了」。〈哦，那些青澀小獸的日子〉，農藝系後門的花海，總圖二樓，佯狂耍酷西門町，乃至於大屯火山，那是詩人少年時代的臺北浪遊路線麼？最後視線投向了紗帽山，卻感覺是「女媧當年／棄置在此：／一塊橢圓的／冥頑巨石／從地平線上／驀然升起……」，以短句造成的遲疑感來呼應前一段提到的「不可置信」，以《紅樓夢》頑石無才補天，作為少年遊之終點，莫非大屯山即臺北少年少女們的青埂峰？

歷劫歸來，也許將枯槁，將世故，或變本加厲。《古詩十九首》畫出人生迢遙的地圖，體會過「歡樂具難陳」，才能生出「蟋蟀傷局促」。浪蕩子的歡樂是什麼呢？詩集中幾首飲酒歌，十幾年前曾與鄭在東畫展合璧而出。〈酒之連作——給在東〉，「白酒，乳酪，巧克力／滿載鮮花的馬車／自旅館傍巷道中斜斜而出／在滂沱大雨裡一閃即逝」，造景富於法蘭西風味，這是來自臺北詩人筆下的新感覺派嗎？然而中途轉向新感覺派絕少的蒼涼又頑皮的風味，「富於時光變換滋味／及表情底杯中物呀」，竟然讓宛如深海底層撈起的身體，在大醉醒來後，擁有「腹下／那硬梆梆的感覺」。〈米哈波橋上，口誦酒偈一首〉與詩人阿波里奈把酒言酒，琥珀流動折映，飲者睇眼望世界，詩，城市，戰爭，女人，虐與自虐，寫不盡而又參不透——超現實與頹廢的全部內容。這首詩第四部分，將充分浸泡了酒液的頭顱切下來，放入舊皮箱，盪入蘆花叢，死頭放水流，「流呀流　漂呀漂／整座眼前黃昏／還有海天遙遙一線／還有，觀音山火紅倒影」，居然從賽納河回返淡水河渡海口——五四時代與日治台灣文人都夢想過的，當一個最本地的世界主義者！阿波里奈也可以成為淡水河一條倒影。

緣於此，讀者就不需意外會有〈新寶島曼波〉和〈新台灣恰恰〉這樣的二連作了。單獨來看，也許會得到現代詩熟讀者的一二冷哼：大量排比，成語與名詞的磊用，其板滯之害，也許每個寫詩者都曾被告誡。若將其放在楊澤詩所展現的精神與美學系譜來看，倒不難理解：《新詩十九首》大部分作品都以各種方法來親近歌謠，排比云云，不過方法一端；詩中展現的「台灣視野」，是大站、小站、稻田、蝴蝶、海，以及「米糖，香蕉，舶來品／牲口，青果，樟腦茶」這樣擬仿李雙澤〈美麗島〉歌詞式的詩句，是慢車方能看見的島嶼風景，是慢車才能勾織出來的歷史圖錄；「把你我的孩提／瞧，偷偷搖出了搖籃外！／也把台灣搖到了／洄瀾壯闊的，世界的外婆橋！」或是：

唐山過台灣　　恰恰
海角一樂園　　恰恰恰
台灣回唐山　　恰恰
又造新天地　　恰恰恰

唐山過台灣　　恰恰
台灣轉唐山　　恰恰恰
若為世界故　　恰恰

兩者皆可拋　　恰恰恰

於「過」、「回」、「造」、「轉」之間，蘊含著海角更能遠望天涯、世界即臺灣、移民流轉帶舊立新的觀點，其實已經在嘗試詮釋臺灣文化了。

臺灣的現代詩如何「臺」，並非只有一法，亦非只有一種內容；語言，語法，意象，指陳，均有可為。如彼等成日呼告臺灣是我的母親之類，幾成濫調。唐捐之詩，鯨向海之詩，均以語言、語法的混搗，拉雜摧燒，另煉神功，都有非臺灣人無法寫出、且無從翻譯的純台味。楊澤的詩也可以算是其中一類。

而正如所有現代詩人都得對都市輸誠與輸恨，楊澤繼〈在臺北〉一詩膾炙人口數十年後，這次也端出了〈一〇一煙火，口占一首奉東坡〉、〈月出東城〉等作，是小碼頭走跳的寫照（楊澤總稱臺北為小碼頭）。〈月出東城〉說臺北是毛玻璃般濛濛人車交織的大都會，把這都會當小碼頭，一是從世界觀點看，二是從自家人的親切來說；這大都會小碼頭上，「在晚霞的／汽油彈中」，標示一日終了的，不正是「那是眾人，極其呀／熟稔，熟稔得不得了／垃圾大隊的罐頭樂／悄然襲至」？在那罐頭樂例行公事背後：

啦
啦哩啦
日復一日
眾人似乎老早
習慣了，這場回收
萬有的偉大工程
懂得做好分門別類
再進一步
把我們繁複無比的
現代生活
分裝成，一袋袋
大同卻也小異的
精緻垃圾

〈在臺北〉中揭示戒嚴時期人們常身處於「八億國人的重圍裡」，國族幻象宛如楚門世界的天空一般，決定了一切的邊界；〈月出東城〉則呈現在這類幻想已被衝撞成粉末的今日，現代生活本身如何「精緻」、如何「垃圾」，帶給我們另一種幻象，生命活動收束在時間表中，分類欄裡，如張愛玲小說裡寫的，「像一隻一隻白鐵小鬧鐘，按著時候吃飯，喝茶，坐馬桶，坐公事房，腦筋裡除了鐘擺的滴嗒之外什麼都沒有」，重複讓人幸福，曖昧模糊成為罪惡。

昔年《人生不值得活的》裡，收錄有〈母親〉一詩，而新集中再次致意，〈一個人的旅程——送母親遠行〉。過去聚集在「生」，溯游而上，目睹母親「假借一間人聲嗡然，且／有許多窗鏡的陌生廂房／輾轉啼聲了我——與我／終告分離」，現在則聚焦於「死」，是目送摯愛之人離去的燼餘錄。詩中描繪的亡靈巴士，穿越「隧洞——長長的／筆直，筆直的一條隧道路／向前漫漫延伸而去」，而且「至少不下幾十／不，幾百座／首尾相連的隧洞」：

我自問：這莫非
難道呀就是——
浩浩蕩蕩，傳說中那條
一路直抵地心的
時光隧道麼？

十九世紀某版本米爾頓《失樂園》插畫，就是以隧洞連綿曲折來表現人間與地獄中介的混沌之橋，下垂的岩乳，環環鑿深的岩壁，宛若通往死神體腔。而在巴士旅程終點，巨廈被切割成無數「鐵盒子」，「亡靈的欲望與記憶」在此「愛及恐懼的小鐵屋」裡埋藏低語。與之對照，則是〈懷舊甚至，也已不是舊時的滋味〉哀悼的後工業時代臺灣：

因為這是：眾芳蕪穢
山水告退的時代
鬱鬱蒼蒼的台灣島上
如今處處是
寂寥無聲的新造市鎮
寡歡呀無愛的失樂園
（月升月落，恍如
荒涼的夢中之夢）

優美褪去，山水為人所役，早非浪漫詩人筆下充盈萬籟的理想天地，而是被偷盜、被標價、被減省、被遮蔽，陪襯於建案廣告詞裡。新造市鎮欠缺情感油分，整齊，理性，然而無聊——那是如夢之夢，還是我們恐懼著的未來？這是新鐵屋，沒有亡靈的欲望與記憶。

死亡將人送到一隻隻小鐵屋裡，可是活著的時候，仍有各人的鐵屋、群體的鐵屋；想逾越鐵屋，不是只有摩羅詩力一種方式，浪蕩子很可以是另一種：一逕飄飛著衣角，趑趄著步伐，試圖踩過框線，擠出縫隙，蔑視熟極而流的庸俗，以詩中俗法捕捉，叩問，那些不真正在意或確實在意、致命或不致命的……

青春即黃昏：為龍瑛宗寫

黑暗像女人溫柔的手撫慰著他。

——龍瑛宗〈早霞〉

龍瑛宗引用泰納（Taine）的評論：「是什麼樣的力量在推動世界？在博學的巴爾札克眼中看到的，是熱情與利慾。」談及日本詩人生田春月評價屠格涅夫《初戀》，「少年時的夢想中，流下了苦味的淚水。『要小心女人的愛啊，要小心這種幸福，這種毒啊！』」而他自己筆下，人們也同樣受到熱情、戀愛、利慾的驅使，在泥淖裡掙扎，行將下沉的臉上那麼恍惚。

熱情和利慾，均涉及女人與理想，也涉及一種癡狂之愛。對於女人的熱情和對於理想的熱情同等，何況，青年胸膛裡燃燒著理想的憧憬，也正同時燃燒著夢中女性的憧憬，得到夢中女性猶如理想實現的佐證，理想破滅時，女性又是僅存的希望。然而，很不幸的，他小說裡的男子，往往理想與女人一併失去，失去的因由往往是因為金錢。這在名篇〈植有木瓜樹的小鎮〉裡很清楚：對陳有三來說，人生是可算計的，可是經過算計，卻發現怎樣都是徒勞；學歷不差的陳有三分配到街役場後，仔細規劃生活，投射一個在現代社會中較高位置的未來，卻發現根本入不敷出，即使他已經嚴格地管理金錢與時間；而且，地位提升也很困難，因為他是被當作二等公民的本島人。他工作的地方——滿溢著糖廠肥胖空氣的鄉間，不是意味著自然或樸實，而是意味著落後，是本島人簡陋粗俗的文化更為不遮掩的展示場，只能更赤裸裸地看見已開化（如自己）與未開化的距離，感受到命定要徘徊在二者之間的屈辱。而陳有三愛慕著的友人家少女，也因為經濟因素，必須要以嫁人方式賣得好價錢。

以〈植有木瓜樹的小鎮〉為代表，龍瑛宗小說集中刻劃了幻滅青年的畫像。

他們的苦惱不是來自於對前途迷茫，而是志向太清晰了，實現卻是如此困難。其困難來自於殖民，也來自於家庭。在殖民者帶來的文明的映照下，如同西方攝影術進入中國後獵取的小腳圖像，在西方之眼看來，是以代表科學客觀的光的無意識，寫實地證明了、凸現了中國人的落後。青年們從殖民者的眼光看到了本島人在生活與精神上的污穢，因而急急要從其中把自己撕除。而本島人的污穢，又在婚姻習俗上明確地顯示出來，買賣、早婚、多產、貧窮，是對於個人心靈的蔑視，是無法節制與管理；更重要的是，愛情一向是現代性的標誌，是自由的前哨，一旦人變成了買賣，主體性貶到最低，愛情蕩然無存，青年的不滿可想而知。

〈午前的懸崖〉中，即將畢業擔任醫職的張石濤，即使原來家境不見得好，未來也是光明的，算是升值中的貨幣。父親看準這點，替他訂親，看中了一個可能帶來大筆陪嫁的獨生女，而女方家庭呢，則看中張石濤的預備醫生身分。男女雙方被父母擺弄，根本不認識對方，婚姻基石不是愛情，而是利益。「可是，難道要把我們的婚姻拿來當作雙方家長買賣的工具嗎？」「可不是嗎？老人家總喜歡打一些如意算盤，偏偏年輕人又各個是理想主義者，就是因為這樣，悲劇才會發生。」新一代的青年是理想主義者，急著要掙脫不潔、無情的過去。新思潮來襲，引起的往往是世代之間的戰火，受到不同教育、建立了不同價值觀、把對未來的憧憬投向不同處的兩代人的爭鬥。成家不是立業的基礎，當「家」仍籠罩在舊價值陰翳下，成家即是深淵。

另一篇主題類似，而寫得和〈木瓜樹〉同樣複雜的，是〈黃家〉。小說一開始並未立刻描繪黃家，而是先把這座留有古廟的城鎮上，因為新工具引入而產生的變化寫出來。尤其那位使用電氣動力來搗米、因此賺了錢的青年人，跟上了現代性的腳步，不但事業成功，也擁有櫻桃色的妻子。至於黃家，父親原是落魄讀冊人，改做生意，認為讀書求取的智識在鄉間根本沒用處，做生意時常欺騙蕃人，兒子若麗則夢想要到東京學習音樂，而母親卻不願意賣田地幫他籌措旅費，認為這個投資太大。若麗遂在恆久憤懣中變成了酗酒者。如同〈植有木瓜樹的小鎮〉裡說的：「酒好像把理性扛起來，逗弄耍玩著它。令人感到感情的外皮一張張翻起，暴露出來了。」以酒自溺，有自棄的快感。

然而，若麗與陳有三似乎不同：後者的人生目標緊繫在殖民地官僚系統，是服膺於既存社會價值，積極想要融入行列，因為發現那行列存在著階梯，他則是背負著結構弱勢的階梯底層，故而幻滅；若麗夢想成為藝術家，而要抵達他所求取的、以西歐為嚮往對象的音樂學習，取徑已經成為現代性先行者的日本，是最確切可見的道路。離開臺灣、前往更為現代之地日本，同時也就是殖民的宗主國、本島進步設施與新觀念的攜來者，對於若麗來說，這就是求取自由的道路。在張愛玲〈紅玫瑰與白玫瑰〉裡，出身貧寒、英國留學歸來的佟振保，小說以不無諷刺的口吻說他以為自己正「站在世界之窗的窗口，實在是很難得的一個自由的人」，而張愛玲即是透過愛情婚姻的抉擇來討論他是否真正「自由」——遺憾的是，振保只是個比較成功的陳有三，他汲汲於把自己編入社會主流價值的隊伍裡，表面來說也算是成功了，只是他並不快樂。若麗看起來和陳有三、佟振保的追求差異很大，其實異曲同工，都是在以日本為轉介與執行的現代性之光籠罩下。若麗不能到日本去就如此失志，不就是因為無法將自己編入隊伍、以為失去了面向世界成為自由人的機會嗎？

由於經濟能力是能否編入現代性隊伍的關鍵，就會出現如〈貘〉的豔羨：「雕刻的門扇、窗戶、或柱子等丹青的美麗，懸吊著朱色絹料的花燈，嵌了大理石的紫檀椅子，纏著龍的豪華燭台，豪華的日用器具，加之春日盛開的李子等白花，夏天熟透了的蓮霧那淡桃紅色的果實……少年時期的我唯一的願望，就是想要擁有徐青松那樣的身份。」高經濟資本決定了是否可以更快踏上追求現代性的道路，也決定了是否能擁有更具有餘裕與美感的生活，「徐青松那樣的身份」，同時指涉了經濟與文化。高階本島人和內地人，在某種意義上更為靠近。但是，即使通過知識，取得了可能成為高階本島人的憑證，如醫學院即將畢業的張石濤那樣，若是沒有自覺，也可能和非高階本省人一樣，成為婚姻買賣、家庭桎梏下的犧牲品。

龍瑛宗小說裡，受經濟、家庭等因素束縛而無法振翅的男子們，往往性格軟弱，欠缺打破堅石、別開生路的勇氣。〈白色山脈〉裡描述：「杜南遠的現實生活是悲慘的。為了要逃避那種悲慘的心境，他變成了幻想主義者，好像有閒的婦人喜愛悲劇一樣，杜南遠為了遺忘悲慘，變成了浪漫主義者。杜南遠是軟弱的男人，卑微的男人。」所以陳有三、黃若麗，都逃向了感官麻痺的世界。

〈蓮霧的庭院〉裡，陳先生愛慕隔鄰藤崎家的美加子，美加子的父親曾有意思讓美加子和他結合，他卻認為自己不適合婚戀，因為家境貧困，且精神上有種種缺陷，他也認為美加子不具備堅韌性格可以在困難情況下支持生活。最重要的是，雖然美加子父親並不在意日人臺人的分別，陳先生卻「困於一種卑屈的情感」而無法率性承認愛戀，亦即在殖民／被殖民、現代性的先行／落後上帶來的自卑感，不是針對美加子一家，而是針對美加子是日本人這一事實。十年後，陳先生與藤崎家兒子重逢，談及過去他們無芥蒂的相互照顧，「讓我們結合起來的就是愛情」，而不是「民族啦什麼啦」的無聊理由——簡直像是自我安慰一般，即使擁有真誠之愛，「卑屈的情感」不仍是隱瘡般作祟？

陳有三、黃若麗、杜南遠、陳先生等幾個角色，他們的青春幾乎是徒勞的，在應該昂揚的歲月，就背負著陰影，理想與夢中女性的姿影一樣遙遠，於是青春即黃昏，逐漸沉浸在散發出女性般馨香的黑暗裡。本島人在結構上屈居弱勢，那軟弱成為靈魂一部分，同時也變成了十字架縛在肩膀。「屋外已有濃霧漂流。透過霧那邊，是低矮並列的家屋和樹影，有如剪影畫般寂寞地展開著不動」，若麗（們）就倒在這畫裡，「從敞開了的胸脯可以感覺到肋骨的顫動」，木乃伊般睡著。

輯五

逝者 II

退回洞穴

至今我仍記得妹妹房間的氣息。汗味，體味，食物，菸味，滲進牆壁和一切家具。當初搬家時，妹妹自己選了這個沒窗戶但較大的房間。我不太願意進去，那氣味有拒人千里的意思，彷彿突然闖進以為封存多年其實一直有人秘密使用的防空洞。她在躲避誰發動的空襲？

情況沒什麼起色，洞穴的門天長地久地緊閉著。母親找了素有口碑的算命仙商量。半仙鐵口直斷：這孩子的房間是不是很潮濕？母親很驚訝：對啊，剛好就在浴室旁邊，又沒什麼陽光。半仙說，最好能換房間，不然就是買個除濕機，讓房間乾燥一點，應該會有點幫助。我不懂命理，不知道是怎樣的連結，竟可以隔空命中，看出房間乾或濕。也許是真的罷——房間裡的濕氣，聞起來那麼不快樂，那麼有重量，像隔著牆就是海底。

母親說，除濕機已經買了。

買得太晚了嗎？

妹妹出生時，相差五歲的我已經擁有自己的小世界。我一直想要弟弟。生出來是妹妹真令人失望。母親喜歡跟親戚講笑話：「阿嫻說生出來是妹妹的話，要拿菜刀剁一剁丟掉！」當時社會新聞不像今天這麼刀光血影，母親理所當然認為童言無忌。

出生時妹妹額頭凸得不得了，皮膚又黑，醜死了。愛美的母親直說：「怎麼會長這樣！」大概感應到這分遺憾，長大了，額頭慢慢弭平，妹妹細緻五官才逐漸浮出，母親喜形於色，又當著我的面跟鄰居說：「粗看是阿嫻好看，其實阿馨生得比阿嫻幼秀，較耐看。」我一旁聽了生氣得不得了。

似乎感情很差，其實也不完全是這樣。我記得妹妹如何擺動雙腿駕駛學步車，記得她第一次從嬰兒車欄杆旁走了幾步撲跌進母親懷裡的模樣。記得我曾幫她洗過尿布——那時候紙尿布那麼貴，不少人還是把家裡不要的布料裁裁好，層層包疊，反覆洗滌使用。家裡置下的動植物童書，我和她都喜歡讀那本《蛇》，手汗讓銅版紙都變得灰黃，也脫頁了，印有美麗翠蚺圖片的那面終於不知道散落到哪裡去。等到妹妹再長大一些，她和我共享夜市書攤買來《瀛寰搜奇》，反覆閱讀殺人魔傑克與旅店奇案，還有遠流出版社整套《中國民間故事》，我們都喜歡新疆卷裡阿凡提作弄老爺的機智故事。

讀大學時離家北上，快樂得根本不想回家。妹妹正值青春期，該有的叛逆、陰沉，一點都沒少，就和我當年一樣，整天穿一身黑，有意地抵抗母親認定的女孩氣質。那個年紀，鄙視蕾絲、粉紅色和蝴蝶結，信賴陰影勝過陽光，受一點點傷就覺得此生已矣。見面稀少，但是我不覺得妹妹有什麼問題。她讀我讀過的小學、中學，教過我的老師也教她，她的不快樂我似曾相識，總以為不過是必經路程。

妹妹曾經非常喜歡畫畫。母親也覺得，兩個女兒，一個喜歡文學，一個喜歡美術，挺不錯的。也許是女孩子，比起非得讀致用科系不可的男孩子，多了一點游移空間。也許那是一個小康家庭對於何謂高文化水平的想像的一部分。

然而有一天，妹妹突然宣布，不想畫了，也不上美術班了。忽然她變成了一個尋常的孩子。有一天，她又宣布，喜歡做菜，大學要去讀餐飲管理。這一點可能受到父親影響，父親年輕時是酒保，會調好喝的酒，也會做漂亮水果雕花，妹妹曾真的自己雕過一盤，水果橫七豎八，父親大笑說才不是這樣，但是顯然非常高興。考上了餐飲管理，讀到第二年，有一天她忽然打包回家，說辦了休學了，她討厭唸書，系上都在教管理沒教做菜。有一天——

總之，妹妹考驗母親的方式和我不一樣。我老是在戀愛，妹妹老是不確定要做什麼，換言之，就是不知道要以何種身分變成社會網絡一分子。母親習慣了第一個孩子從小立志寫作，多年來從未變心，第二個孩子朝令夕改反而令她無措。休學後，妹妹做過無數工作。一開始先去高檔餐廳端盤子，被要求畫淡妝，她皮膚敏感，兩個禮拜下來吃不消，只好辭職。做過夜店外場，會計，7-11店員，美髮沙龍學徒，可能還有許多零碎是我所不知道。有次母親不在，她告訴我：「以前在夜店啊，有黑道喔！那是黑道開的喔。」語氣像是遇到明星。而她最後一個工作是這幾年流行的百元理髮店剪髮師。

不知道從什麼時候開始，曾經完全沒辦法上妝的妹妹，變成一個整天圈著煙燻妝，看不到真正眼神的女孩。長年在臺北讀書，我錯過了妹妹從青春期到成人的全部過程。父母親分居後，她也偷偷跟父親聯繫，心情好時她會告訴我。她會問候我的戀愛狀況，加上幾句評論，嘻嘻哈哈的。妹妹說她都告訴朋友：我跟我姊一年見不到幾次面，很少說話，但是我們感情很好，我姊姊講話超好笑的。她有次和朋友到臺北來，打電話約我在臺大側門對面麥當勞，剛好隔天聯副刊出新世代作家十人對談，我也在內，還附上照片，妹妹又打電話來：「昨天那個男生啊，早上打開報紙剛好翻到，說這不是昨天看到的那個人嗎！這不是妳姊嗎！印在報紙上耶！好好玩喔哈哈！」好多年前的事情了。啊那樣無拘束的笑聲。

這樣的妹妹，也反叛過，也開朗過，也煩惱過，可是——有一天，竟然無法再工作，無法與人好好互動，躲起來了。是的，妹妹變成了憂鬱症患者，待在房間的時間越來越長，像一個被文明所驚嚇、時空旅行中跑錯棚的原始人，一步步退回洞穴。遭遇過一場失戀打擊後，妹妹在工作上的人際關係出了狀況，加上工時長，三餐不定，私人時間少——這些只是能夠指認得出的部分。迅速失去電力的內心，是什麼樣的紋理什麼樣的風景？語言能表述的，不過千分之一。

也許我太高估了人的自我復原能力。她曾經對於不再感興趣的事物如此當機立斷，為什麼卻陷入了自我否定的情緒迴圈裡呢？她覺得不被愛嗎？還是對於愛的感受力下降乃至消逝了呢？曾經，在我們不大見面的幾年間，一旦見到了面，說起話來，姊妹的親密感立刻將我們包圍。是什麼時候，黑夜來過以後就不走了？

那些鹽粒，爐渣，廢金屬，一撮一撮塞滿了縫隙，所有長出來的東西都是壞的，毒的。妹妹的心像一幢海砂屋，外表稍有剝蝕，看上去還完整。忽然就無聲無息垮掉了。

最後幾年時光，是母親陪伴著妹妹。憂鬱症病人家屬，尤其是貼身照顧的那個，也彷彿是封存在另一個結界裡，怕自己幫得不夠多，不能成為助力，又怕幫得太多，給人壓力。施展不開手腳，審慎考量每句話的重量，不知道該不該讓親戚朋友知道。妹妹謝絕了大部分原來的朋友，不願意和家人一起出門，卻又泡在網路上，半夜和網友約見面。也許陌生人更可以輕鬆相處，這種心情我也不是不能體會。母親非常擔心，但是醫生說，至少她還想跟人接觸。醫生說，給她一點自由，別管，重點是盯著藥是不是都吃了。

母親時常偷偷檢查妹妹藥盒，果然，一格一格，按時消失。

該說這是某種體恤嗎？按時吃藥，確實讓母親放心了一些。直到出殯那天，妹妹長久保持聯繫的朋友才吐露，其實，她把藥都丟掉了。是因為沒吃藥，所以死意才如此便捷地累積，還是死意甚堅，鐵打不動，讓妹妹覺得吃藥也沒用？不吃藥有多嚴重，吃了藥又可以在什麼層面幫助康復，沒有任何家人、朋友，真能夠拿捏。在洞穴裡，堅硬與崩解並存，也叫喊過，可是有回應也聽不到，只能聽到自己的回聲。

警局打來電話，言簡意賅。妹妹沒有選擇在她的洞穴裡做完最後一件事。不，那是因為，洞穴就在她身體裡，她可以在任何時間任何地方，躲進那處往內長的暗房。

那家汽車旅館就在警局對面。進到現場前，警察發了口罩給我，順從地戴上，然後才想起為什麼需要口罩。已經超過十二個小時，該腐敗的都已經開始腐敗。我手腳有點麻痺，胸口略為滯悶，也許是旅館冷氣開得太強。兩天前還說說笑笑的妹妹，挑了母親和我都略為放心、也都剛好離家不在的時刻，挑了買炭不使人起疑心的中秋節。

房間裡的房間，乾濕分離的小浴室，洞穴一般。所有縫隙都以打濕毛巾塞住了。是趺坐姿態，昏迷時往前側傾斜，彷彿在向什麼痛苦頂禮，就凍結在那虔誠瞬間。隔著玻璃只看了一眼背影，或者好幾眼，也許只有兩秒鐘，可是我覺得已經看到太多。不能再更多了。立刻向警員點了一下頭，退了出來。警員追問：「妳沒看到正面，妳確定嗎？」

指認遺體，聯繫葬儀人員，喪禮有表姊妹幫忙，整個過程我奇異地只感覺到乾燥。像有什麼人住在我身體裡，讓我能夠看見來憑弔的人時知道要致謝，記得要請假，要調課。卻一切都沒有切身感。喪期間某日抵達靈堂，忽然從散落桌上的葬儀社廣告單上，迎著光，看到一行字。是多年不見的父親留下：「來看過了。」還有潦草簽名。我只能單純認識到：他來過了。沒有其他感想了。

一個也曾以同樣方式失去兄弟的朋友說：「妳不要太壓抑了。」我堅持沒有。死亡總伴隨著許多世間要求的儀式，再商品化為各式各樣可供選擇的配套。儀式使我疏離，我沒辦法立刻和自己對談至親之人的死亡。

直到李渝去世消息傳來。

李渝的憂鬱症始終不曾真正復原。從來沒想過，我和心愛的作家，竟然會在這個層面上，電光石火般突然加深了聯繫。知道消息那日，一個人在網路上閒逛到深夜，某個畫面忽然竄出來。博士剛畢業那年，我和李渝一次長達五個小時的聚聊，她回臺大客座，學期將結束，快回美國了；順帶陪著去新生南路眼鏡行拿新眼鏡，她偏過頭朝著我一笑，午後陽光正好鍍過新鏡片一角，她的眼神借了光，讓我以為傷痛再大，也可痊癒——

眼淚毫無防備地湧出來。心也會繞路，但是命運將指引它回到原地。也許它繞路是為了給我餘裕，才能真正打開掩埋的暗房，讓痛苦曝光。

幾日前，和另一位朋友聊到報稅。聽到我繳的稅額，他說，大概因為妳只要扶養一個人，沒辦法節稅太多。突然針刺了一下。一條細絲穿過心尖。血緣帶來重壓，那叫做家庭的物事，本來就是我的寫作裡最初的破裂根源；現在，這根源縮小了體積嗎？剩下兩個人，沒有誰跟誰相依為命，不過是各自變得再堅硬些。

妹妹離開已三年。母親性格堅強，喪事結束後，很快打包一切，丟掉許多妹妹的東西，搬了家。這是她繞路的方式。衣櫥裡還有一件雪花般起了毛毬的黑色舊大衣，我曾穿過，又再轉手給妹妹；除濕機覆蓋著塑膠套，靜立在新家儲藏室角落。這些都不曾真正幫她抵擋從內裡湧出的寒氣與濕氣，卻是洞穴遺物，帶著遺跡必然的重量，鎮住我們剩餘的歲月。

後記
炎上

鯨向海提醒我：「以前你不是寫過一首很長的自傳詩？題目也跟火有關？」他說的是〈火的年譜〉，二十二歲作品。以火自況，不自今日始。

火的本命是燃燒。魯迅〈死火〉裡諭示的，使死火復生，則燃燒，則將行消亡，若不燃燒，則仍回歸冰凍，而對火來說，長生亦即死滅。然而，與其做一苗餤火，我總以為自己是更強，更深闊，更鮮烈更頑豔的存在，如小火山群，隱隱約約地加熱，千年萬年地蓄積，版塊最脆弱處即最活躍處，在最底裡自行分泌太陽。曰小，不曰大，蓋書中並無長篇巨製也。

市川崑改編《金閣寺》，電影叫做《炎上》，字面就生出高熱與硝煙。人的一生要經歷幾次炙烤呢？不經歷過，不能證明那是至美，那是至親嗎？《小火山群》其實和過去的散文集們，《海風野火花》、《雲和》、《瑪德蓮》一樣，關注情感與文學，然後，多了一樣：死亡。而死亡，難道即是痛苦的油脂提煉出蠟燭，供給往後的燃燒？

死亡未必都是悲與壯，也可能是尷尬。妹妹去世後，我第一次和朋友們碰面，怕他們擔心，自動以刻意輕鬆口吻談起，大伙卻訕訕的，有點迴避的意思，落後我才領會，那是他們怕我傷心，故意都繞開。死亡難以談論——父親死前對兒子遵從成規大聲呼叫感到焦躁——寫下這一段回憶，魯迅才獲得死亡究竟為何物的實感嗎？琦君溫情回憶的散文對我沒有吸引力，或許是因為她筆下那些亡佚，都像添了柔焦一般。死亡，以及伴隨而來的儀式，那麼粗礪，那麼滑稽，如何才能專注在死亡一事？在非自然的死事裡，如何向電話那頭的殯葬業者說明情況？如何吸收現場人員告知家屬的種種亡者身體細節？我仍記得妹妹喪禮上，那個太過職業化以至於從表情、聲音到袍服都疲軟的比丘尼，忽然太過用力，彷彿要叫醒自己似的木魚聲。

「十八歲出門遠行」諸篇文章，恰好寫在妹妹過世前，忽然就變成了鹽柱，敬獻給亡者與存者。「凹陷處」可視為燼餘錄或焚城錄，「突出物」因為突出，閱讀裡停駐得久，腳印踩得比較深。「逝者」，有遠，有近，不妨礙他們都是我的一部分。

本書得以成集，有賴於幾個專欄寫作，包括陳怡蓁女士及她帶領的趨勢科技基金會網站，《文訊》雜誌的書評欄目。特別重要的兩篇文章，〈退回洞穴〉是聯副大企劃「我們這一代：六年級作家」邀稿，促使我下定決心完成，〈從未失去的庭園：懷李渝〉，謝謝封德屏封姊打來電話，督促我完成。

另外，謝謝湯舒雯、黃崇凱，分別在學校期末課業與寫作計畫結案的逼擠時刻裡應允寫序，兩肋插刀（不需拔出）；和伊格言等人長期共享的網路小群組，寂寞時給我歡笑，悲傷時予我寬解，他們是我二十歲以來的朋友，一起長大，一起老，一起愛文學。還有楊澤、唐捐的鼓勵，讓我長期抱持著（可能是錯誤的）自信，繼續往下寫。

我愛讀55

小火山群

作者　楊佳嫻

副社長　陳澄如
責任編輯　陳澄如（二版）、陳瓊如（初版）
行銷企畫　陳雅雯、趙鴻祐、張詠晶、張偉豪
裝幀設計　朱疋
內文排版　宸遠彩藝有限公司
印刷　前進彩藝有限公司

出版　木馬文化事業股份有限公司
發行　遠足文化事業股份有限公司（讀書共和國出版集團）
地址　231023新北市新店區民權路108-4號8樓
電話　02-2218-1417
傳真　02-2218-0727
客服信箱　service@bookrep.com.tw
客服專線　0800-221-029
郵撥帳號　19588272木馬文化事業股份有限公司
法律顧問　華洋法律事務所蘇文生律師

初版一刷　2016年6月
二版一刷　2024年9月
定價　NT$380
ISBN　978-626-314-754-6（平裝）、978-626-314-743-0（EPUB）

國家圖書館出版品預行編目（CIP）資料

小火山群/楊佳嫻作. -- 二版. -- 新北市：木馬文化事業股份有限公司出版：遠足文化事業股份有限公司發行, 2024.09
232面 ; 14.8×21公分. -- (我愛讀 ; 55)
ISBN 978-626-314-754-6(平裝)

863.55　　113013947